Urs Widmer **IM KONGO**

Urs Widmer

IM KONGO

Roman

Diese Ausgabe ist mit fünfzehn Illustrationen von Tina Good versehen und erscheint bei der Büchergilde Gutenberg

Norina Häberlin gewidmet – und dem Andenken von
Emil Häberli (1902 - 1984)

1

HINTER DEM HAUS, das mein Vater ein Leben lang bewohnt hatte und das er nun, um in meine Obhut zu kommen, als letzter verließ – meine Mutter war vor Jahren schon gestorben, und die Schwestern, die kleine und die große, leben längst mit Männern und Kindern –, hinter diesem wunderbaren, nun für immer verlorenen Haus war ein Wald: so groß, daß man, wußte man nur den Weg, von der Landesgrenze bis zu unserer Tür gehen konnte, ohne ihn zu verlassen. Bäume, nur Bäume, und keiner, der einen sah. Hie und da eine Wiese mit einem fernen Bauernhof, das ja!, die Lichter eines schlafenden Dorfs, ein paar Kühe, an denen man vorbeischlich, oder eine verlassene Landstraße, die man geduckt querte: sonst nur wegloses Unterholz, vom Ufer des Rheins bis zur Rückwand, die von Knöterich zugewuchert war. Es war ein langer Weg – mehr als fünfzig Kilometer; das Haus stand und steht in Witikon, hoch über der Stadt Zürich –, aber ein kraftvoller Mann konnte ihn gehen. Ich bin ihn gegangen. Im Sommer war der Rhein ein grüner Strom, im Winter war er schwarz, im Frühling braun und voller Eisschollen. Drüben war Deutschland. Denen, die – damals, meine ich – bei Neumond in schmalen Kähnen bei uns landeten oder im Mondlicht über das Eis sprangen, sah man nicht an, ob sie zum Morden kamen oder ob sie vor dem Getötetwerden flohen.

Jener Wald stieg gleich an seinem Rand so steil an, daß ich, wenn ich auf einem gewundenen Pfad nach oben kletterte, mich an Wurzeln und Ästen festhalten mußte. Ich war ein Kind und konnte meine Haltegriffe kaum umfassen. Wenn es regnete, strömten Sturzfluten am Haus vorbei. Aber immer schien die Sonne! Stets leuchtete der Wald. Kuckucke riefen, andere Vögel: Amseln, Pirole, Stieglitze. Auch eine Nachtigall sang. Wenn ich die Hintertür öffnete und *einen* Schritt tat, stand ich zwischen himmelhohen Stämmen. Efeu umschlang manche so, daß sie erstickten und tot aufrecht gehalten wurden, bis sie sich – in einem Sturm vielleicht – zur Seite neigten und zwischen wilde Reben, Brom-

beeren und Disteln stürzten. Geräusche lockten, ein Krächzen, ein Knacken, Jaulen. Drei, vier Schritte bergauf, und ich sah das Haus nicht mehr. Alte Sagen – oder solche der Familie – berichteten, daß viele schon, Kinder vor allem, Tage und Jahre durch den ewigen Wald geirrt seien, bis sie, erschöpft, nicht mehr weiterkonnten und selber zu einem Baum wurden. Einige der Baumriesen seien einmal solche wie ich gewesen. Hüpfende Winzlinge. Dennoch brach ich laut singend durch Gestrüppe und schlurfte durch Anemonen. Wenn ich zurückschaute: eine Rinne in den weißen Blüten. Tiere raschelten im Laub, Mäuse vielleicht oder Wiesel. In den Steinen des Waldrands: Eidechsen. In einer Waldlichtung, die nur ich kannte, wohnten Zwerge, oder Gnome, tanzten und brachten mir, ihrem Häuptling, Geschenke, Zaubermittel, mit denen ich mich in einen Giganten verwandeln konnte, dessen Haupt die höchsten Wipfel überragte. Sie sangen so furchterregende Lieder, daß alle erschauerten, die sie hörten – nur ich nicht, denn ich hatte diese Gesänge erfunden.

Irgendwo, hinter einem Stamm verborgen, rief mich meine Mutter, und ich, der sie nicht sah, tappte in die Richtung ihrer Stimme. Stolperte über eine Wurzel und kollerte bergab. Ich brüllte, aber der Waldboden roch so kühl, daß ich die Nase im Moos behielt. Natürlich wurde ich getröstet. »So, geht's wieder, mein Held?« Nichts tat meine Mutter ohne mich. Ich rannte hinter ihr drein, den steilen Weg hinunter. Der Hund war auch irgendwo. »Wann gibt es Essen?« Ohne sich umzudrehen, antwortete sie: »Bald, mein Schatz. Bald.« Ich fegte ins Haus, wo die große Schwester, die kleine Schwester und der Vater am Tisch saßen. Auch Herr Harder, der Gärtner, war da. Wir aßen.

ICH WURDE ERWACHSEN und gab die Hoffnung auf, je noch einmal so einen Wald zu sehen. Der von einst war zu einem Nutzwald voller Forststraßen geschrumpft. Baumsägen überall, stets. Der Lärm der Autos. Und doch! Jetzt bin ich wieder zwischen Bäumen, unendlich vielen Bäumen, und sie sind schöner als einst. Baumungetüme, wohin ich schaue. Wilde Reben bilden bühnenbreite Vorhänge. Wasserfälle tosen. Manche Bäume sind so gewaltig, daß in ihren Kronen eigene Wälder wuchern. Tiere huschen. Andere springen von Ast zu Ast. Vögel flattern auf. Schreie.

Vor einem Jahr bin ich auf einer Graspiste, dort drüben, aus einem Flugzeug gestiegen, in dem, vom Piloten abgesehen, nur Kisten voller leerer Flaschen und ein paar Säcke gewesen waren. Eine Gluthitze! Es war Hochsommer wie jetzt wieder. Vielleicht deshalb – Jahrestag! – habe ich heute den Laptop, der eigentlich in die Buchhaltung gehört, in den Wald mitgenommen. Ein handliches Kästchen aus Kunststoff. Ich fülle den Bildschirm mit Buchstaben und schaue zu, wie sie im Gedächtnis der Maschine verschwinden. Weg, mein Text. Ich, Sekunden später, könnte nicht mehr sagen, was er war; aber die Maschine merkt sich sogar Tippfehler. Eine Anzeige weiß, daß ich, obwohl ich doch noch gar nicht begonnen habe, bereits 4971 Zeichen gespeichert habe. 5001 jetzt. Ein unabweisbares und übermächtiges Gefühl – Dankbarkeit, und mehr – sagt mir, daß ich mich heute gewaltig anstrengen muß, ähnlich heftig wie die Götter, die mich hierhergeführt haben. Eben weil eine Art Gedenktag ist. Ich bin es ihnen schuldig. Was mir geschehen ist, geschieht nicht jedem. Einem auf eine Million vielleicht, optimistisch geschätzt. Wer weiß es denn, vielleicht waren es ja tatsächlich meine Gnome von einst. Geister sieht man nicht. – Es kann im übrigen durchaus sein, daß die, die mich hier ausgesetzt haben, von mir erwarten, daß ich ihnen mein Dankopfer auf ihre Weise darbringe. Daß ich mit meinem Blut auf Baumrinde schreibe, im Vollmondlicht, oder den Text mit einem Stichel in meine Haut einritze. Solche wie sie haben so Traditionen, und sie haben keine Körper, die schmerzen. – Immerhin will ich nichts essen, bis ich fertig bin. Drei Tage sollten mir genügen. Schreiben und Fasten. Wenn ich keine Pausen mache – höchstens für einen Schluck Wasser und für die Notdurft –, sollte ich es in zweiundsiebzig Stunden schaffen, mich aus dem fernen Damals ins Jetzt vorzuschreiben. Ich freue mich auf die heilige Sekunde – vielleicht schreibe ich all das nur ihretwegen –, da ich mit unsicher gewordenen Fingern in meine Tasten tippen werde, daß ich am Ende sei. Daß mir der Hintern weh tue und ich einen schrecklichen Hunger hätte: und gleichzeitig tut mir der Hintern weh, und ich habe einen schrecklichen Hunger. Erinnerung und Leben werden für den Hauch eines kostbaren Augenblicks eins sein. Danach ist eigentlich egal, wie ich das Werk abschließe. Ich werde *finis operis* oder so was drunter schreiben, *Cunius Cunii filius fecit*, und mich, wie ein Löwe aufbrüllend, auf das Brot und das Trockenfleisch stürzen, die jetzt schon, dort drüben, in einem Jutesack an einem Ast hängen. Auch zwei Flaschen Bier stehen bereit.

Was ich dann tun werde, weiß ich nicht. Vielleicht drucke ich das im Laptop Gespeicherte in der Buchhaltung aus. Da steht ein Drucker. Vielleicht schicke ich den Papierhaufen Willy. Vielleicht lege ich den Laptop in den Kühlschrank, ins Tiefkühlfach, für spätere Generationen. Oder ich lese, immer am Jahrestag, meine ausgedruckten Geständnisse, Blatt für Blatt. Trinke Bier dazu. Ich könnte die Papiere auch einzeln den Fluß hinuntertreiben lassen, wie Seerosen. Oder sie anzünden und über die Wipfel der Bäume des Waldes flattern lassen. Feuervögel.

ALLES BEGANN am 29. Juli 1994. Einem Freitag. Mein Vater hatte eben, um ein Haar, einen Postboten erschossen, und ich kniete auf dem Fußboden eines Zimmers im Altenheim von Fluntern – Fluntern ist ein anderer Stadtteil von Zürich, zehn Autominuten von Witikon entfernt – und sagte zu Herrn Berger, eigentlich nur, um unser zäh dahinplätscherndes Gespräch in Schwung zu halten: »Ich bin jetzt sechsundfünfzig, Herr Berger. Seit meinem einunddreißigsten Lebensjahr arbeite ich hier. Ich bin der beste Pfleger im Haus. Mir kann niemand etwas vormachen, nicht mal Schwester Anne. Und schauen Sie, was ich tue!«

Ich war damit beschäftigt, mit einem Küchenmesser die Kaugummis zu entfernen, die Frau Schroth, die Bewohnerin des Zimmers, in zwanzig Jahren auf den Fußboden gespuckt und flachgetreten hatte. Frau Schroth war am Vorabend gestorben, neunundneunzig Jahre alt. Ich war ja eigentlich Pfleger im Heim, Oberpfleger!, nicht Hauswart, aber so konnte ich das Zimmer einem neuen Bewohner nicht übergeben. Die Putzfrauen, zwei jobbende Studentinnen aus den USA, hatten den Dreck von zwei Jahrzehnten in einer knappen Viertelstunde weggefegt, mit so viel Chemie, als wollten sie Vietnam ein zweites Mal entlauben, und Schwester Anne hatte das Zimmer abgenommen, ohne eine Sekunde zu zögern. Trotz den Flecken, die den grünen Linoleumboden wie eine Blumenwiese im Mai aussehen ließen.

Normalerweise wären die Kaugummis auch mir egal gewesen, aber in dieses Zimmer sollte an diesem Abend noch mein Vater einziehen, mein eigener Papa. Eben wegen dem Schuß auf den Postmann. Es war aus mit dem Haus am Wald. Seinen Lebensrest mußte er, ob er wollte oder nicht, mit mir verbringen, mit einem Altenpfleger, der sein Sohn war. Er war inzwischen einundachtzig. Bis vor wenigen Wochen war alles gutgegangen – er allein in dem einsamen Haus, in dem einmal in der Woche eine Mitarbeiterin der Pro Senectute nach dem Rechten sah –, aber dann hatte er damit begonnen, Treppen hinunterzustürzen und in falsche Straßenbahnen einzusteigen. Er weigerte sich, einen kaum zigarettenschachtelgroßen Alarm umzuschnallen, mit dem er, solange er bei Bewußtsein war, in jeder noch so mißlichen Lage Hilfe holen konnte. Er mußte nur auf eine Taste drücken, und schon piepste es in meiner Jackentasche. Einmal tat es das auch – ich war gerade dabei, Frau Schroth ihre Vitamintabletten zu geben –, und ich raste wie ein Wahnsinniger, bebend vor Angst, nach Witikon, toste den steilen Weg durch den Garten hinauf, klingelte und klingelte und hob gerade die Axt, um die Tür einzuschlagen, als sie aufging und mein Vater vor mir stand, mit einem Müllsack in der Hand. Er hatte mich nicht gehört und starrte auf die über ihm schwebende Axt. Es stellte sich heraus, daß der Alarm auf dem Küchentisch lag, unter einer Pfanne voller Kartoffeln, die auf die Taste drückte.

Daß er allerdings noch an diesem Abend kam, kommen mußte, hing mit dem beinah toten Postboten zusammen. Er war, an jenem Freitagmorgen eben, damit beschäftigt gewesen, seine Ordonnanzpistole zu reinigen, ein Monstrum aus dem Zweiten Weltkrieg, das aus irgendeinem Grund nach der Demobilisation den Rückweg ins Arsenal nicht gefunden hatte. Das war ein geheimnisvolles Ritual, dem er sich alle paar Monate unterwarf. Und obwohl die Waffe seit dem 8. Mai 1945 ungeladen war, löste sich ein Schuß, und die Kugel blieb in einem Paket stecken, das der Postbote, der dem alten Herrn wie jeden Tag die ganze Post die Treppen hochschleppte, erschrocken vor seine Brust hob, als er die Mündung auf sich gerichtet sah. Es enthielt ein Katzenfell, das mein Vater bei der Firma Calo Versand AG bestellt hatte, wegen seinem Rheuma. »Hoppla!« rief er.

Der Postbote, ein sonst cooler Jüngling, war so geschockt, daß er die Polizei holte, und die holte mich; und die Lösung, die der Postenchef von Witikon und ich in der Küche fanden – mein Vater saß mit uns am Tisch –, bestand darin, daß der Vater sofort und unverzüglich in mein Pflegeheim kam. Unter meine Aufsicht. Ich rief, noch von Witikon aus, die Heimleitung an und erreichte, daß er auf der Warteliste vom Platz 112 auf die Eins vorgezogen wurde. Ein Geschenk des Hauses an ihren dienstältesten Mitarbeiter. Der Postenchef, der neben mir stand, drückte mir und dann auch meinem Vater die Hand und verzichtete auf eine Anzeige wegen illegalem Waffenbesitz und versuchtem Mord.

»In diesem Jahrhundert ist noch der letzte Depp bei der Landung in der Normandie mitgerannt oder in Hiroshima umgekommen«, rief ich. »Einzig ich habe kein Schicksal.«

Herr Berger, der das Zimmer nebenan bewohnte, lehnte, ein Bein angewinkelt, das andere fest auf dem Boden, im Türrahmen und sah mir bei meiner Arbeit zu. Ich hob den Kopf. »Schon mein Vater hatte keins.«

»Was?«

»Schicksal.«

»Ach so.«

»Jeden Morgen fuhr er mit dem Acht-Uhr-Bus ins Büro und kam jede Nacht so spät zurück, daß ich längst schlief! Den ganzen Krieg über, so weit ich mich erinnere, und nachher sowieso. Immer trug er einen grauen Anzug und eine einfarbige Krawatte. Dunkelrot oder blau. Im Winter einen ebenfalls grauen Mantel. Einen Hut, auch grau. So wie ich Tag für Tag diese Jeans und ein T-Shirt trage. Ich habe nie etwas erlebt, und ich werde nie etwas erleben. Wie mein Vater.«

»Wäre das so schlimm?« sagte Herr Berger. Er lächelte. Er war auch schon seine Achtzig. Er trug, wie eigentlich immer, einen Anzug aus heller Rohseide, der in den dreißiger Jahren gewiß sehr teuer gewesen war und heute einem Spinnetz glich. Jedenfalls sah ich durch das fadenscheinig gewordene Gewebe der Hosen Flecken seiner roten Boxershorts. Auf dem Kopf trug er einen Panamahut, ein Gespinst auch dieser, und in der Hand hielt er einen Stock mit einem Gummipfropfen. Ich richtete mich auf den Knien auf. »Haben Sie ein Schicksal, Herr Berger?«

»Ich war Kaufmann«, sagte der. »Optische Geräte.«

Ich seufzte. Eine immer noch heiße Spätnachmittagssonne schien durch das Fenster, das die Putzfrauen zu reinigen vergessen hatten. Tote Fliegen, Staub, ein Stück Flügel eines Nachtfalters. Jenseits des Sees wetterleuchtete es. Eine einzige hohe Wolke stand am blauen Himmel. Die Luft war bewegungslos. Schweißbäche rannen mir über das Gesicht. Auch Herr Berger fächelte sich mit einer Hand Kühlung zu.

»Für wen schrubben Sie denn so besessen?« fragte er.

»Für meinen Vater. Sie werden ihn mögen.«

»Ich habe Frau Schroth überlebt«, sagte Herr Berger. »Schlimmer als sie kann er nicht sein.«

(**ÜBRIGENS,** in Klammern nur: Schwester Anne war meine Vorgesetzte, verantwortlich für das erste Stockwerk. Sie war strikt und bestimmt, das schon, aber sie war keiner dieser Drachen wie etwa Schwester Helga vom zweiten Stock, sondern hatte eine sanfte Stimme und war hübsch. Atemberaubend schön, um die Wahrheit zu sagen, wenig mehr als dreißig Jahre alt, groß, ziemlich viel größer als ich zum Beispiel. Lange blonde Haare. Runde Augen. Alle, auch die ältesten Heimbewohner – gerade diese! –, sahen ihr mit offenem Mund nach, wenn sie durch die Korridore ging. Keiner, der nicht in sie verliebt war. Sogar die Frauen waren von ihr hingerissen. Vor Jahren einmal hatte ich mir ein Herz gefaßt – wir waren dabei, in der Apotheke die Medikamente zu inventarisieren, nur wir zwei – und gesagt: »Schwester Anne. Ich liebe Sie. Wollen Sie mich heiraten?« Sie stellte eine Schachtel voller Temesta-2,5-mg-Dosen ins Regal, drehte sich langsam um und sagte: »Da können Sie warten, bis Sie schwarz sind.« Wir zählten weiter, als sei nichts gewesen. Am Schluß fehlte eine Morphiumampulle, und wir fingen nochmals von vorn an. Es stellte sich heraus, daß Anne, ich meine, Schwester Anne sie die ganze Zeit über in der Hand gehalten hatte.)

MEIN VATER arbeitete im Elektrizitätswerk der Stadt Zürich; ich weiß bis heute nicht genau, wo und was. Seine Arbeit hatte irgendwas mit den Limmatschleusen und den Stauwerken im Einzugsgebiet der Stadt zu tun. Just vor dem Ausbruch des Weltkriegs – das weiß ich als einziges gewiß – hatte er das Alarmdispositiv ausgearbeitet, das die Bewohner Zürichs retten sollte, wenn der Damm des Sihlsees brach, ein damals blitzneues Staubecken in den Voralpen. Zwanzig Minuten, hatte er ausgerechnet, bräuchte die Wasserfront, um sich durchs enge Sihltal zu wälzen, Kühe und Bauern ertränkend, bis sie den Stadtrand erreicht hätte. Wenn der See voll war und ganz auslief, stand das Wasser noch am Bellevue kopfhoch. Er bestückte also die Dächer der Häuser der Gefahrenzone mit Sirenen, die losheulen sollten, wenn der Sicherheitsbeauftragte, ein über dem Damm wohnender Bauer, auf einen Knopf drückte. Der erste Probealarm funktionierte prächtig, außer daß er vergessen hatte, die Bevölkerung zu informieren, und eine Panik auslöste. Alle rannten in Todesangst die Abhänge hoch, bis zu einer genau bezeichneten Höhe, und warteten händeringend, daß die Sintflut ihre Häuser verschlang.

MEINER MUTTER half dann kein Sicherheitsdispositiv und kein Probealarm. Auch nicht, daß wir am obersten Ende von Witikon hoch über der Überflutungsgrenze wohnten. Der Krieg war noch längst nicht zu Ende, da war sie schon tot. Es war ein heißer Sonnentag. Ich kam in den Garten gehüpft – fünf Jahre alt –, und sie lag in den Blumen und starrte in den Himmel hinauf. Blut an ihrem Hals. Neben ihr lag Herr Harder, zerfetzt. Ich dachte aber, sie schliefen, und schüttelte sie. Der Hund schnüffelte am Blut herum. Dann lief ich schreiend ins Haus. Da war niemand, kein Vater, kein Mensch. Ich schoß ein bißchen mit meinem Bolzengewehr auf die Klotür. Danach stand ich auf der Terrasse und konnte meinen Blick nicht von den Füßen meiner Mutter wenden, die weit unten – nackt, weiß wie Schnee – aus Rittersporn und Malven auf den Gartenweg hinausragten. Der Hund wie eine Statue. Endlich kam mein Vater, in einer Armeeuniform seltsamerweise. Ich erkannte ihn kaum, diesen Offizier mit seiner Mütze voller goldener Streifen, der mit gläserner Stimme einen ganzen Trupp Männer herumkommandierte. Sie stampften mit Meßbändern durch die Lauchbeete und zertraten Tomaten und Kürbisse, fotografierten mit Apparaten, die auf langbeinigen Stativen standen, und trugen die beiden Toten endlich in ein Auto. Die große und die kleine Schwester waren jetzt auch da. Das Auto fuhr los. Der Vater sah ihm bewegungslos nach, mit Augen, die Steine waren. Dann faßte er den Hund am Halsband, hob ihn hoch, ließ ihn wieder fallen, ging ins Haus, zog die Uniform aus, setzte sich an den Basteltisch und schnitzte, ohne ein Wort zu sagen, die ganze Nacht hindurch Kasperpuppen: einen Kasper, einen Polizisten, ein Krokodil, eine Prinzessin. Hatte er auch die Kleider genäht? Im Morgengrauen jedenfalls beugte er sich über mich – dachte, ich schliefe –, flüsterte: »Der ist für dich allein, Zwerg!«, und legte einen Zauberer mit einer langen Nase und einem Spitzhut auf meine Brust. Später verfertigte er noch einen Hitler und einen General Guisan, dem die Nase abbrach, als wir einmal eine Aufführung für die Kinder aus dem Dorf veranstalteten und er sich mit dem Krokodil balgte. – Bald ging der Vater wieder mit dem Morgenbus ins Büro und kam spät in der Nacht heim. Die große Schwester wurde die Mutter von uns allen und kochte. Wenn ich sie fragte, wann es zu essen gebe, antwortete sie: »Bald, du Esel. Bald.«

DIE EINGEBORENEN *des Kongo wissen so sehr, daß die Menschen zum Leid geboren sind, daß sie nicht darauf achten. Es nicht erkennen. Sie wissen nicht, was Leid ist. Sie kennen kein Wort dafür. Für uns sind sie grausam, nur für uns. Ihnen ist das Töten selbstverständlich, das jähe Umkommen. Wenn sie die Abenddämmerung, wenn sie das Morgengrauen erleben, dann nur, weil die Waldgötter, weil die Teufel des Dschungels sie übersehen haben. Nicht beachtet für einen Tag. Sie kennen keine Dämonen, die lieben; es gibt sie auch nicht. Fühllos gehen sie über die Leichen, die die Opfer der Höheren wurden. Nachbarn, Verwandte. Sie sind wie die Tiere ihrer Wälder. Tragen den Tod in sich, wissen nichts von ihm. – Das ganze Land, das Herz Afrikas, ist Wald. Grün, feucht, ewig. Du kannst dich jahrelang mit dem Buschmesser vorwärts hauen, du bist immer noch im Wald. Es gibt keinen Ausweg. Es gibt keine Erinnerung, es gibt keine Zukunft. Die Gegenwart ist bewußtlos. Bäume, Bäu-*

me, himmelhoch. Lianen, sich schlingend. In ihnen mag ein Raubtier verborgen sein. Im Gras eine Schlange. Wenn du, keuchend vor Anstrengung, am Abend deine Hütte erreichst: das ist dein Glück. Du hast auch kein Wort für Glück. Bist ahnungslos. In den Nächten des Vollmonds opferst du den Mächtigen Früchte; an den ganz heiligen Tagen, von denen nur die maskentragenden Zauberer wissen, den Vater. Ein Kind. Ach nein: du bist es, den die Magier zum Opferplatz schleppen. Während du dich wehrst, dir das Leben zu erflehen versuchst, dich ergibst, erkennst du sie unter den Masken: den Nachbarn, den Freund, den Bruder: fremd. – Es ist heiß. Das Wasser ist frisch. Die Frucht ist saftig. Morgen bist du tot. Andere gehen über deinen Kadaver. Hunde verschleppen die Knochen deines Skeletts. Spielen mit ihnen, achtlos, bis ihnen ein Panther ins Genick springt.

NATÜRLICH SPRACH ICH – Herr Berger lächelte immer noch, weil mich das Schicksal so erregte – sofort von Willy. Wie anders! »Oder nehmen Sie meinen Freund Willy«, sagte ich. »Er bestand aus Schicksal!« Ich kniete immer noch. »Der beste Freund, den ich je hatte.« Schweißbäche rannen mir über Stirn und Wangen. »Mit den zwei Fingern seiner rechten Hand konnte er besser pfeifen als ich mit meinen fünfen.«

»Wo hatte er die andern drei gelassen?« sagte Herr Berger und wechselte das Spiel- und das Standbein.

Ich wußte, daß er auf seine *heure de l'apéritif* wartete, die Stunde des ersten Schlucks, wo er endlich zum Restaurant »Zur Glocke« schlurfen durfte. Da bestellte er einen Campari oder, wenn das Monatsende nahte, ein Glas Rotwein. Die *heure* war um sechs, und inzwischen war es etwa halb fünf. Die anderthalb Stunden mußte er noch hinter sich bringen. Draußen stoben Schwalben über den Himmel, von Windböen geschüttelt. Die eine Wolke war größer geworden und schwarz.

»Er hat sie sich abgesprengt«, sagte ich und rammte das Messer so in das Linoleum, daß es zitternd steckenblieb. »Sein Vater hat sie ihm – «

Das Telefon klingelte, im Korridor draußen. Mit Frau Schroth hatte Herr Berger regelrechte Wettläufe veranstaltet, wenn es schellte, und auch jetzt, wo seine Rivalin tot war, rannte er die paar Meter. Hob ab und sagte: »Hier Schwester Anne. Ja, bitte?« Er sprach mit einer lächerlich hohen Fistelstimme, die der Annes in nichts glich.

Er lauschte. »Einen Augenblick!« fistelte er dann, sah den Hörer an, als bete er, hob ihn wieder ans Ohr und sagte mit seiner normalen Stimme: »Ja? Hier Berger.«

Warum tat er das? Er wurde nicht oft angerufen. Hatte zwei Söhne, niemanden sonst. Einer von denen war das jetzt wohl, denn Herr Berger strahlte übers ganze Gesicht. Er wurde regelrecht rotglühend. Vielleicht war's der Sohn aus Amerika, der einmal im Jahr anrief, bestenfalls. »Was du nicht sagst«, sagte Herr Berger. »Achtzehn Franken für eine Portion Meringue.« Es war wohl doch eher der Sohn, der im Emmental wohnte.

Ich zog das Messer aus dem Linoleum. Ein klaffender Schlitz blieb darin. Ich mochte Herrn Berger. Verglichen mit manchen andern auf der Etage, Frau Zmutt oder Herrn Andermatten zum Beispiel, war er die Liebenswürdigkeit selbst. Gleich bei seinem Eintritt ins Heim, vor etwa fünf Jahren, hatte er mir erklärt, daß ihm schon klar sei, daß hier der Tod herumschleiche. Logisch, so viele Greise auf einem Haufen. Bei ihm allerdings habe sich der Knochenmann in den Finger geschnitten. Er habe es schon einmal versucht, vor einem halben Jahrhundert, mit null Erfolg. Wenn die Sense zische, springe er schneller als der Blitz weg. Er machte es vor. Wir lachten beide.

»So wart doch!« rief er jetzt in die Sprechmuschel des Telefons. »Kurt!«

Dann sah er den Hörer an, ähnlich wie zuvor, nur perplexer. »Hängt einfach auf!« Er tat den Hörer auf die Gabel zurück. Seine Hände zitterten. »Der Kurt. Ich wollte ihm doch nur sagen, daß – « Er ging zum Fenster und öffnete es. Ich reckte mein Gesicht der neuen Luft entgegen, die zwar immer noch glühte, aber wenigstens nicht nach Putzmitteln roch.

»Willy wohnte im Haus gegenüber«, sagte ich zu Herrn Bergers Rücken. »An unserm Waldrand oben gab's überhaupt nur drei Häuser. Als er in unserm Garten auftauchte, war er vier Jahre alt. Ich drei. Ich hing am Rocksaum meiner Mutter.«

»Ich wollte ihm nur noch sagen«, Herr Berger drehte sich zu mir um, »daß zu meiner Zeit eine Meringue einsachtzig kostete.«

»Wem?«

»Kurt.«

»Ich spreche von Willy!«

Irgend etwas in mir wollte, daß ich brüllte. Die Kaugummis wahrscheinlich, oder eher noch mein Vater, der jeden Augenblick die Treppe hochkommen konnte. Natürlich stänkerte er, kaum war er da, über die Möbel in seinem neuen Zimmer, oder daß die Tapete scheußlich sei. Wenn Herr Berger jetzt etwas gesagt hätte – egal, was –, hätte ich gebrüllt. Aber er sah stumm in den Garten hinunter.

»Von dem Tag an waren Willy und ich unzertrennlich. Wir gingen Hand in Hand in den Kindergarten, und Willy wurde von der Tante in den Arm genommen. In der Schule dann saß ich hinter ihm – er wiederholte eine Klasse, weil das erste Jahr nicht erfolgreich verlaufen war – und flüsterte ihm alles ein, bis er Klassenbester war. Er zündete die Hecke der Nachbarvilla an, und am Abend stand die Polizei vor *unsrer* Tür. Ich blieb im rutschenden Kies eines Steinbruchs stecken, schrie um mein Leben, weil immer neue Kiesel nachrutschten und mir bald zum Hals reichten; er ging nach Hause. Wir teilten das Pausenbrot, er aß seins und meins. Wir fuhren Tandem, er hinten, ich vorn, und als wir ankamen, strotzte er vor Tatkraft, während ich keuchend ins Gras fiel. Er lieh mir seine Steinschleuder. ›Dort, triffst du das?‹ sagte er und gab mir seinen besten Stein. Ich ließ ihn wegzischen, und tatsächlich krachte er in die Gläser des Wintergartens der Villa. War ich stolz! Und schon kamen alle angerannt: der Gärtner, der Butler, sogar die Herrin des Hauses. Ich hielt immer noch die Schleuder in der Hand. Alles haben wir zusammen getan. Ich liebte ihn wie niemanden sonst. Sogar unser Hund, Ero, leckte ihn, statt ihn zu beißen. Er hatte einen tollen Vater. Da hätte sich meiner eine Scheibe abschneiden können.«

»Ist Ihr Herr Vater auch so laut?« fragte Herr Berger.

»Ich spreche von Willys Vater!« Endlich brüllte ich, so heftig, daß Herr Berger beide Arme hochhob. Ich schluckte und fuhr viel leiser fort: »Der war Violinist im Tonhalle-Orchester. Zweite Geige. Er wollte seinem Sohn, als der noch ganz klein war, die Wirkung von irgendwelchem Sprengstoff zeigen – Dynamit oder Schwarzpulver oder beides vermischt –, und sie kauerten also beide verzückt vor einer Nescafé-Büchse, der kleine Willy und der göttliche Papa, Zündschnüre montierend, verrückt!, und natürlich explodierte die Büchse und riß Willy drei Finger der rechten, dem Vater drei Finger der linken Hand weg. Wahnsinn. Es hat beiden nichts ausgemacht. Nichts! Sie waren heiter wie zuvor!«

Herr Berger nickte.

»Für den Vater war es natürlich aus mit dem Spielen im Orchester.« Ich mußte lachen. »Ihm waren der Daumen und der Zeigefinger geblieben, und da der Daumen das Griffbrett stützen mußte, hatte er gerade noch einen Finger, um die Saiten zu drücken. Es ist nicht zu glauben, aber er spielte weiterhin jeden Tag. Wir hörten ihn durchs Fenster. Von ihm selbst arrangierte Stücke. Die Frühlingssonate von Beethoven zum Beispiel. Klang irgendwie modern, zum Weinen verzweifelt.«

»Hm«, sagte Herr Berger.

»Der Lebenstraum der Mutter war, eine Sängerin zu werden. Sie wurde aber keine. Den ganzen Tag hörten wir sie, wie sie Koloraturen trällerte. Und manchmal die Arie der Königin der Nacht. Willy erbte die Talente seiner Eltern. Er verwandelte noch den fadesten Tag in ein Ereignis. Er ging dann nach Afrika, Willy. In den Kongo, wo die Schwarzen am schwärzesten sind.«

Herr Berger ließ jetzt ein Bein zum Fenster heraushängen und sah zum Himmel hoch. Wolken türmten sich. Donner grollte. Er holte seine Taschenuhr hervor und hielt sie ans Ohr.

»Zu meiner Zeit sagten wir Neger«, murmelte er. »Nicht Schwarzer.«

Ich war jetzt schon beinah wieder guter Laune. Versöhnt. Sollte er doch kommen, mein hirnweicher Papa, und herumschimpfen. Vielleicht kam er immerhin mit Herrn Berger aus. »Als Willy nach Afrika ging«, fügte ich an und seufzte oder lächelte, »nahm er die Frau mit, die ich liebte. Die erste und einzige, damals.«

»Wie hieß die?«

»Sophie.«

»Sophie. Ein schöner Name.«

»Ich habe nie mehr von ihr gehört. Von Willy auch nicht.«

SOPHIE UND WILLY: Heute, natürlich, zerreißt es mir das Herz nicht mehr, wenn ich an sie denke. Nach alldem, was inzwischen geschehen ist. Aber früher! Vor einem Jahr noch, als ich mit Herrn Berger sprach! Wie Sophie, die in der Nacht bei mir gewesen war, mit einem toten Gesicht neben Willy im Taxi saß! Das ist jetzt siebenunddreißig Jahre her! Wir waren fast noch Kinder! Und trotzdem, Tag und Nacht fiel es mir ein. Sie trug ein weißes Kleid, Sophie, und am linken Fuß eine Sandale. Der rechte war nackt. Zwischen ihr und Willy, der als Afrikaforscher verkleidet war, saß eine Albinodogge. Sie geiferte, hatte rote Augen und war Willys Liebling. Ein Mördervieh. Es war früher Morgen. Tau auf allen Gräsern. Vögel lärmten, und die Sonne glühte über den Bäumen des Waldes. Ich stand da, mit Sophies anderer Sandale in der Hand. Willy, der ein blaues, nein, ein fast schon schwarzes Auge hatte, rief dem Fahrer zu, er solle losfahren. »Worauf warten Sie noch?!« Ich rannte, so wie ich war, zum startenden Taxi hin und schlug mir, als ich die Sandale durchs offene Fenster warf, die Hand so heftig am Metallrahmen an, daß ich dachte, alle Finger seien weg. Ein wahnsinniger Schmerz. Willy drehte sich nach mir um. Der Hund bellte. Sophie saß bewegungslos. Ich stand da, die Hand über dem Kopf, ohne zu winken. Das Taxi bog um die Kurve beim Waldknick vorn. In der Sonne leuchtete Sophies Gesicht rot, obwohl es eben noch kreideweiß gewesen war.

SO. JETZT HABE ICH alle beisammen, die mich hierhergebracht haben. Bis auf einen. Dieser eine stand neben mir, als Willy und Sophie mich für immer verließen. Er trug einen dunkelroten Bademantel, schwenkte ein Taschentuch und rief: »Sind sie nicht prächtig, die zwei?« Er brach in ein Gelächter aus, verstummte ebenso plötzlich wieder, musterte mich von oben bis unten und sagte: »Wie sehen *Sie* denn aus?«

Ich hob die Schultern. »Ich komme direkt aus dem Bett«, sagte ich. »Und ich bin in die Brombeeren gestürzt.«

Er starrte mich noch ein paar Sekunden lang an, drehte sich dann um und ging ins Nachbarhaus zurück, das groß und wuchtig in einem Park voller Tulpenbäume und Zierbüsche stand. Ihm gehörte die Anselm-Bräu in Horgen.

Er hieß selber Anselm, Anselm Schmirhahn, wie alle erstgeborenen Schmirhahns seit 1664, als Anselm Schmirhahn I. die Brauerei gründete, damals noch in Wädenswil, und sie nicht Schmirhahn-Bräu zu nennen wagte. Der Name schien ihm eine Hypothek. Also nannte er sein Getränk nach seinem Vornamen, eine Tradition, die bis zu Anselm XI. weitergeführt wurde, unserm Nachbarn. Mein Vater, der gern Bier trank, wies Anselms Produkte zurück, selbst wenn es nichts anderes gab. Sie schmeckten nach Scheiße, sagte er. Er trank Salmen und, als die Salmen-Bräu von der Cardinal geschluckt wurde, Pils aus Pilsen.

Oben auf dem Balkon stand Anselms Frau. Aline Schmirhahn. Sie trug ein Nachthemd und hatte sich eine weiße Paste ins Gesicht geschmiert. Eine Schönheitsmaske. Als das Taxi um die Kurve gebogen war, hatte sie nicht einmal den Kopf bewegt. Erst jetzt, da ihr Mann beschwingt wie ein Tänzer im Wintergarten verschwand, rührte sie sich. Hinter den spiegelnden Scheiben ihres Schlafzimmers sah ich nochmals ihren bleichen Schädel.

SIE HATTE SICH als junges Mädchen in Anselm verliebt, als er jenseits der Hecke ihres Elternhauses irgendwo am Bodensee oben vorbeiritt. Als Backfisch beinah noch, vor manchen Jahren inzwischen. Sie dachte, er sei ein Kavallerie-Offizier. Er grüßte sie so, wie man eine Dame grüßt, und sie wurde tiefrot. Nach der Hochzeit stellte sich heraus, daß er keine Uniform, sondern eine Turnhose und einen Air-dress getragen hatte und auf einem Fahrrad gefahren war. Sie war ein bißchen enttäuscht, vielleicht auch, weil die ersten Wochen ihrer Ehe zwar eine charmante Folge kurzer Küsse, lustiger Klapse und kleiner Ekstasen gewesen war: nicht aber jene immerwährende Überflutung, das unablässige Explodieren aller Sinne, das ihre Einbildungskraft ihr eingeflüstert hatte. Anselm war oft im Büro.

Nun hatte sie Migränen, oder sie sagte Anselm, sie habe welche. Denn einmal, als ich sie den ganzen Nachmittag über mit eisgekühlten Tüchern auf der Stirn im Wintergarten hatte sitzen sehen, schlichen Willy und ich – es war inzwischen dunkel geworden, und wir waren zwei Indianer, sechs und sieben Jahre alt – an der Schmirhahnschen Hecke entlang und hörten plötzlich, ganz nahe, leise Geräusche von Bleichgesichtern. Ich wäre über sie getölpelt, wie ein Greenhorn, wenn Willy mich nicht am Hosenboden festgehalten hätte. Ich kroch also auf allen vieren durch das Buschwerk und lag, als ich behutsam die Stengel einer Zierschilfrabatte auseinanderschob, Nase an Nase mit Willys Vater. Seine weißen, ins eigene Hirn gewendeten Augen starrten mich blind an. Ich spürte seinen Atem. Unter ihm lag Frau Schmirhahn – ich hätte ihre Haare berühren können –, in einem Seidenkleid, das ihr bis über den Bauchnabel hochgerutscht war und im Mondlicht silbern schimmerte. Beide wälzten sich, und Frau Schmirhahn sagte, als sich ihre Münder einmal lösten, mit einer schmerzbebenden Stimme: »Willy!« Willys Vater hieß auch Willy.

Sie waren unter die tiefsten Äste eines in voller Blüte stehenden Zierkirschenbaums gekrochen. »Willy!« rief Frau Schmirhahn nochmals, atemlos jetzt, als gehe es plötzlich um ihr Leben, und warf ihren Kopf so nach hinten, daß auch sie, verkehrt herum, zu uns hinsah. Auch ihre Augen waren ohne Iris. Willys Vater schüttelte mit seinem Hintern die Äste des Baums so heftig, daß die Blüten alle aufs Mal herabschneiten. Bald waren die beiden – der Baum über ihnen ein Skelett – in der Blütenblätterlawine verschwunden. Von tief unten ihr Gurgeln. Nur noch die Beine Frau Schmirhahns ragten hervor. An einem ihrer Knöchel, dem rechten, hing eine weiße Unterhose.

Das Haus, fünfzig Schritte entfernt, war hell erleuchtet. Aus der offenen Tür, die zum Salon führte, kam lautes Lachen. Männerstimmen, und eine Frau, die ein paar Koloraturen sang. Willys Mama. Gelächter, Applaus. Das Gegurgel unter den Kirschenblüten verstummte, Willys Vater tauchte wieder auf und sagte mit einer ganz andern Stimme: »Mannomann!« Ich lag immer noch ungetarnt vor ihm, aber er blickte zum Haus hinüber. Frau Schmirhahn wälzte ihn mit einem Ruck von sich herunter, kroch ins Freie, stieg in ihre Unterhose, klopfte die Blüten vom Rock weg, zog die Schuhe an, die, mehrere Meter auseinander, im Gras gelegen hatten, und schwebte davon. Luftschutzsirenen heulten los. Wie jede Nacht – es war das letzte Kriegsjahr – näherten sich die Bombengeschwader der Engländer, auf ihrem Flug nach Norden. Der Himmel dröhnte. Ein Flabgeschütz schoß. Frau Schmirhahn verschwand im

Salon. Willys Vater zog vor sich hin pfeifend seine Hose hoch und ging, einen großen Bogen schlagend, auch zum Haus zurück. *Er* hatte vergessen, die Kirschenblüten von seinem Frack zu entfernen.

»Dein Vater«, sagte ich zu meinem Freund und stand auf, »wird zu den Festen dieser Schmirhahns eingeladen. Meiner trinkt zu Hause Bier und ahnt nicht einmal, was andere Papas tun.«

»Gar nichts tun sie!« rief Willy. »Mein Vater darf ja wohl noch mit Frau Schmirhahn spielen. Das ist doch normal.«

Wir hörten einen tosenden Applaus. Dann ein paar Klavierakkorde und den feinen Ton einer Violine. »Mein Paps.« Willy wischte sich eine Träne weg. Er lächelte. Fern verklang das Bombergedröhn. Die Sirenen verstummten, eine nach der andern. Die Geige sang wie aus einer andern Welt.

DAS FEST war ein Hauskonzert, das allererste, das Aline Schmirhahn organisierte, in eigener Kompetenz, denn Anselm überließ ihr alles, was die Führung des Hauses betraf. Sie hatte Willys Vater durchs Fenster gehört, wie wir, und ihn zu einem Comeback überredet. Er dürfe sich nicht aufgeben. Willy und ich waren in die Konzertpause hineingeplatzt. Als Willys Vater wieder in den Salon trat, dachten die Gäste, er habe sich absichtlich mit Blüten bestäubt, und belohnten ihn mit einem freundlichen Beifall. Aline Schmirhahn klatschte am lautesten, und Anselm beugte sich zu ihr hin und flüsterte: »Entzückend! Wirklich entzückend!« Willys Vater spielte zuerst jene wundersame Version der Frühlingssonate – sie verzauberte auch Willy und mich im Garten draußen – und dann eine eigene Komposition für Violine solo, die aus den Tönen der leeren Saiten bestand.

Wir zwei Indianer standen in einem Rosenbeet und spähten durch eins der Salonfenster. Vor uns, und vor Willys Vater, der mit wehenden Haaren auf einem kleinen Podium stand und bei wichtigen Einsätzen seinem Pianisten zunickte, saßen zwanzig oder auch dreißig Gäste auf goldverzierten Stühlen, mit Champagnerkelchen in den Händen. Männer, die Smokings trugen, und Frauen in Abendkleidern. Viel Schmuck. Viele Uniformen. Gleich beim Fenster saß ein junger Mann in einem viel zu engen Smoking, mit so kurzen Hosen, daß die Haare seiner Beine zu sehen waren. Neben ihm zwei Frauen mit freimütigen Dekolletés, die wie Zwillinge aussahen. Ein hagerer Gast, der ein Monokel im linken Auge trug, blickte düster vor sich hin. In der Mitte der ersten Reihe ein Offizier mit besonders viel Gold auf den Achselpatten, zwischen Aline und Anselm, die sich über ihn hinweg anstrahlten. Ein Butler ging mit einem Tablett voller Gläser hin und her. Als er dem Mann mit dem Monokel eins anbot, schlug er die Hacken so laut gegeneinander, daß Willys Vater aus dem Takt geriet. Die Gäste klatschten begeistert.

Nachher standen alle plaudernd herum. Ernste Gesichter, vielleicht wegen der Musik. Aline schwebte von Gruppe zu Gruppe, Anselm, der zuerst mit dem Monokelträger gesprochen hatte, ließ diesen plötzlich stehen, wütend vielleicht oder erregt jedenfalls, ging zu Willys Vater hinüber, legte einen Arm um seine Schultern, führte ihn in den Garten hinaus – Willy und ich duckten uns in den Schatten der Hausmauer – und rief immer wieder, wie herrlich er gespielt habe. Unglaublich, diese Virtuosität, sein Finger bewege sich ja schneller, als ein Mensch denken könne. »Sagen wir uns du! Ich heiße Anselm.« Eine Weile lang gingen sie schweigend auf dem Rasen hin und her. Verschwanden in der Dunkelheit und tauchten ganz woanders wieder auf. Just vor dem abgeregneten Kirschbaum blieb Anselm stehen, legte beide Hände auf die Achseln von Willys Vater und sagte mit einer zitternden Stimme, zuweilen brauche er einen Trost. Ja, Trost! Den finde er in der beruflichen Erfüllung, in der Musik und, vor allem, in der Freundschaft. »Unsre schönsten Hoffnungen sind am Zusammenbrechen!« Willys Vater tat einen Schritt nach hinten, zum Baum hin, aber Anselm blieb an ihm dran. »Frauen sind etwas Wunderbares. Aber die Freundschaft der Männer ist tiefer.« Einen Augenblick lang dachte ich, er küsse ihn.

»Daß ich heute vor deinen Freunden spielen durfte«, murmelte Willys Vater nach einem Schweigen. »Damit hast du mir das Leben wiedergegeben.«

Arm in Arm gingen sie in den Salon zurück, wo die Stimmung inzwischen so gelöst war, daß sogar der mit dem Monokel lächelte, als der junge Mann mit dem zu engen Smoking etwas zu ihm sagte.

Erst gegen Mitternacht verabschiedeten sich die letzten Gäste. Anselm umarmte Aline und rief, während er sein Kragenknöpfchen öffnete und die

Smokingschleife abnahm: »Ich habe einen Freund gefunden! Endlich! Ist er nicht wunderbar, dieser Willy?«

Aline nickte.

DREI TAGE SPÄTER kam es zwischen ihr und Willys Vater zu einer Aussprache, im gleichen Salon, während Anselm in der Brauerei war. Natürlich spähte ich da nicht schon wieder durchs Fenster, aber ich denke, daß Willys Vater, rot vor Begierde, Aline umarmen und küssen wollte, und daß diese ihn sanft abwehrte. »Wir können das Anselm nicht antun, und deiner lieben Marie auch nicht.« – »Aber war es nicht wunderbar?« – Vielleicht weinte Aline ein bißchen, während sie heftig nickte. »Herrlich wie nie. Du mußt jetzt gehen.« Sie stand auf und klingelte dem Butler. »Adieu!« Willys Vater stand starr. Kein letzter Kuß, weil der Butler ins Zimmer trat und ihn zur Tür führte.

Beim nächsten Hauskonzert, etwa ein halbes Jahr später, trat ein Pianist auf, ein nicht sehr guter, dem Aline noch am selben Abend, im Wintergarten diesmal, sagte, es sei prächtig gewesen, schön wie nie, und er solle sich jetzt davonmachen. Ihm folgte ein miserabler Pianist, just am ersten Tag des Friedens, an dem die Kirchenglocken stundenlang geläutet hatten. Die Gäste unaufmerksam, gereizt. Jedenfalls, beim dritten Pianisten, dem elendesten von allen, roch Anselm den Braten, oder sonst ein Teufel ritt ihn. Alle Freunde saßen wieder da, oder fast alle, denn einige von den Männern fehlten, auch der mit dem Monokel. Sie waren tot oder in Südamerika oder warteten in Nürnberg auf ihren Prozeß. Der Pianist spielte so, wie er es konnte, zuletzt eine unerkennbare Appassionata. Anselm ließ einen Teller herumgehen, »für den bedürftigen Künstler«, er, der Millionär!, und das führte dazu, daß zwar alle Gäste einen Geldschein hinlegten, sofort nach dem letzten Ton aber zu ihren Mänteln eilten und mit steinernen Mienen das Haus verließen. Ein Skandal. Anselm stand grün vor Schrecken zwischen den Louis-Stühlen, von denen mehrere umgestürzt waren. Er hatte dem Liebhaber schaden wollen, nicht sich! Aline hatte weit aufgerissene Augen und atmete heftig. Der Pianist stand immer noch vorgebeugt am Flügel, als erwarte er doch noch einen Applaus. Totenstille. Erst als der Butler das Glas, das er in der Hand hielt, sacht aufs Ta-

blett sinken ließ, erwachte Anselm, stieß Aline zur Seite und packte den Pianisten an der Gurgel. »Lump!« Er ächzte unter Anselms Klammergriff, der Liebhaber, und Aline riß laut schluchzend an der Smokingjacke ihres Mannes. Der Butler stellte das Tablett aufs Buffet und schlug die zur Faust geballte rechte Hand gegen die offene Fläche der linken. »Feste druff, Herr Doktor!« rief er. Aline wurde seiner inne und jagte ihn aus dem Zimmer. »Machen Sie die Küche, Henner!«

Dann tranken sie den ganzen Alkoholvorrat, weiterhin weinend, Ohrfeigen verteilend und sich die Haare raufend. Um Mitternacht hatte Aline ihren beiden Männern noch die allerletzte Intimität mit Rivalen gestanden, die beide nicht einmal im Traum verdächtigt hätten. »Mit Willy?« brüllte Anselm. »An dem Tag, an dem er mein Freund wurde? Wir hatten keine Geheimnisse! Er lebte von der Invalidenrente! Ich habe seine Miete bezahlt! Und er schläft mit *dir*!«

Sie waren inzwischen alle drei so betrunken und geil, daß Aline mehr oder minder von alleine aus ihrem Abendkleid rutschte und Anselm und der Liebhaber, ihrerseits mehr als derangiert, gemeinsam an ihr herumzuschlekken begannen. Der Liebhaber schlug Anselm mit beiden Händen auf den Hintern, während der seine Frau beutelte, und Anselm feuerte seinen Freund an, als dessen Kopf zwischen Alines Schenkeln steckte. »Zeig's ihr, Willy!« – »Klaus!« gurgelte der Liebhaber. »Ich heiße Klaus.«

Noch später schliefen sie auf dem Teppich liegend ein, wahllos ineinander verknäuelt, und als Aline im Morgengrauen aufwachte, hatte sie unsagbare Kopfschmerzen. Alles dröhnte. Umgekippte Weinflaschen, zerklirrte Gläser. Ihre Kleider hingen über drei Stühlen, die jeder ganz woanders standen. Die beiden Männer lagen schnarchend nebeneinander, mit vor Anstrengung blauen Gemächten. Sie beförderte den Liebhaber vor die Tür, bevor der noch wach werden konnte. Warf ihm Jacke und Hose hinterdrein. Als sie in den Salon zurückkam, saß Anselm in einer Rotweinpfütze, rieb sich die Augen und sagte: »Ich bringe ihn um.« Er ging ins Bad und kotzte. Aline begann wortlos aufzuräumen.

DER ALTE WILLY starb wenige Monate später, ohne jede Mithilfe Anselms. Er stürzte vom Hockenhorn, einem harmlosen Kletterberg, als er sich mit seiner fingerlosen Hand an einem Felsgriff festhalten wollte. Die Zeit verging, viel Zeit, und dann war sein Sohn erwachsen, *mein* Willy: und auf dem Weg nach Afrika. Nach Kisangani, um genau zu sein. In den innersten Kongo.

Anselm Schmirhahns Großvater nämlich, Anselm IX., hatte nicht nur die Brauerei von Wädenswil nach Horgen verlegt, sondern auch, mitgerissen vom Schwung des neuen Kolonialismus, dem König von Belgien, Leopold II., gegen gute Schweizer Franken eine Konzession abgetrotzt, die ihm das Führen einer Brauerei in dessen Herrschaftsgebiet erlaubte. Zwar nicht, wie er es gewollt hatte, an der Küste unten, in Kinshasa, das damals noch kaum Léopoldville hieß, sondern im Landesinnern. Nur Urwald und hie und da eine Lichtung mit ein paar Rundhütten. Trotzdem war die *Société de Brasserie Anselme du Congo* sogleich erfolgreich. Der Pro-Kopf-Konsum in dem feuchtheißen Klima war überwältigend. Bier war genau das, worauf alle gewartet hatten. Die Kunden waren natürlich Eingeborene, genau wie die Arbeiter, die es brauten. Nur die Direktoren waren weiß.

Willy ging in den Kongo – und vor allem so plötzlich –, weil Anselm Schmirhahn ein Telegramm bekommen hatte. Der Butler hatte es ihm auf einem silbernen Tablett in den Salon gebracht. Und nun stand Anselm beim Teetisch, starrte auf das blaßgraue Formular voller Großbuchstaben, hob den Kopf und sagte zum Bild eines seiner Ahnen, das in einem Goldrahmen über dem Flügel hing: »Willy! Willys Sohn!« Er brach in dasselbe Lachen aus, das ich am nächsten Morgen zu hören bekam. »Ich bringe ihn um. Wenn nicht den Vater, dann den Sohn.« Er schickte Henner ins Haus schräg gegenüber. Keine fünf Minuten später saß Willy auf einem der Goldstühle, in einem eleganten Anzug, der ihn wie einen Gigolo aussehen ließ. Er glich seinem Vater. »Sie haben das Zeug zu einem erstklassigen Chef!« sagte Anselm. »Und meines Wissens ist die finanzielle Lage, in der Sie Ihr Vater hinterlassen hat, desolat.« Er sah ihm tief in die Augen. »Im übrigen bin ich nicht mehr der Jüngste.« Er seufzte. »Wenn ich sterbe, brauchen die Betriebe in Horgen einen Nachfolger. Und der werden Sie sein, mein lieber Willy! Das ist ein Versprechen!«

Willy trank den Whisky, fühlte, wie er ihm den Magen wärmte, stand auf und sagte: »Ja.«

In diesem Augenblick kam Aline in den Salon gestürzt. Sie trug, obwohl die Sonne beinah schon wieder am Untergehen war, ein Nachthemd, blieb, die Hände ringend, vor Anselm stehen und rief: »Du wirst ihn umbringen!«

»Den jungen Herrn Willy?« Anselm lächelte. »Der überlebt uns alle.«

Aline, totenbleich, faßte Willys Hände. Sie war nicht frisiert und hatte weit aufgerissene Augen. »Bleiben Sie! Gehen Sie nicht weg!«

»Adieu«, sagte Willy.

Aline schluchzte auf und verließ das Zimmer. Beide Männer standen stumm, eine Weile lang. Dann legte Anselm seine Hände auf Willys Schultern. »Morgen früh geht's los.« Willy nickte. Der Butler begleitete ihn zur Tür. Schlug die Hacken zusammen, bevor er sie schloß. Als er in den Salon zurückkehrte, tanzte Anselm wie ein Pferd wiehernd um das Klavier herum und hob jedesmal, wenn er vor dem Ahnen vorbeikam, den Arm zum Gruß. Der Butler reckte seine Rechte ebenfalls und salutierte wieder, diesmal militärischer. Anselm blieb stehen, schenkte sich einen Whisky ein und trank ihn.

Willy, auf dem Heimweg, holte das Telegramm hervor, das er vom Teetisch genommen und eingesteckt hatte. Er strich es flach und las. Es meldete, vom Buchhalter der Brauerei unterzeichnet, daß der Herr Direktor ins Landesinnere gefahren und nicht zurückgekehrt sei. Heute hätten sie ihn gefunden, auf einem Pfahl steckend. Er habe eine rot bemalte Zunge gehabt und keinen Penis mehr.

Willy zerknüllte das Telegramm und warf es in ein Gebüsch. »Ja!« sagte er. »Ja.«

BEI UNS *singen die Vögel, um ihren Artgenossen zu sagen, daß einer der Ihren das Freßrevier bereits besetzt hat. Im Kongo singen Nacht für Nacht die Eingeborenen. – Der Tag ist still. – Der Wald singt, dröhnt, weiter, näher. Geheimnisvolle Trommeln. Geh nicht zu nah, es ist nicht dein Revier. Schleich um dein Leben, wenn du nah bist und der Warngesang ertönt. Wenn du schwarze Körper siehst, blitzende Augen, ist es zu spät. – Die Eingeborenen schlagen* *kreisrunde Lichtungen in den Wald, immer in doppelter Hörweite, so daß es keinen Ort im Dschungel gibt, an dem du keinen Gesang hörst in den Nächten. Nur wenn das Heulen, das Summen, das Stampfen auf allen Seiten gleichmäßig fern ist, darfst du dich ein bißchen sicher fühlen. Setz dich auf die Wurzel eines Baumes, lehne dich an seinen Stamm, sieh hinauf in die himmelhohen Blätter, hinter denen du den Mond ahnst. Halt die Hände im nassen Moos. Lausche. – Die Bäume werfen das Echo der Gesänge zurück, so wie es bei uns die Berge tun. Das Echo antwortet den Sängern, und die Sänger antworten dem Echo. Immer wieder, immer mehr, mit immer gewagteren Klängen. Rhythmen, die zu tanzen uns unmöglich ist. Die Eingeborenen tun es, als hätten sie tausend Füße. Behangen mit Leopardenfellen, Masken. – Bist du so nah, daß du nicht mehr fliehen kannst, misch dich unter sie. Tu wie sie. Oft sind sie in einer andern Welt. Oft haben sie Bier getrunken. Aber sing nicht, singe nicht. Jeden falschen Ton hören sie, und sie töten dich, ohne mit ihrem Gesang innezuhalten.*

»**ALS ICH** Sophie zum ersten Mal sah, stieg sie gerade in eine Straßenbahn ein.« Mir taten inzwischen die Knie weh, aber ich schob mein Messer unter den nächsten Gummiklecks. Herr Berger saß auf der Fensterbank und ließ beide Beine baumeln. Eins war im Zimmer drin, das andere draußen. »Am Bellevue, in die Zwei. Ich stand wie gelähmt beim Kiosk und wußte, die oder keine. – Hören Sie mir überhaupt zu?«

»Bitte?« sagte Herr Berger.

»Sophie. Straßenbahn.«

»Ja.«

»Ich rannte, als ich wieder bei Sinnen war, der Bahn nach, die über die Quaibrücke davonfuhr. Sie war eine der Bahnen von damals, eine dieser fahrenden Gartenlauben mit offenen Türen und Trittbrettern. Ein Stromabnehmer wie eine riesige Büroklammer. In der Mitte der Brücke hatte ich das rumpelnde Ding eingeholt und sprang auf. Ich konnte nicht sprechen, so atemlos war ich. Sophie: braune Beine in Sandalen, ein von einem gestärkten Unterkleid weit gebauschter Rock, blaue Augen. Sie leuchtete. Ich war neunzehn, und sie noch jünger. Gegen Ende der Fahrt hatte ich genügend Odem, meine Leidenschaft aus mir herauszukeuchen. Sie brannte sofort für mich. Wir fuhren jeden Tag zusammen und brauchten – sie wohnte in Albisrieden, wir stiegen am Stauffacher in die Drei um – für die paar Schritte von der Endstation bis zu ihrem Haus immer länger. Ertranken in unsern Augen. Hand in Hand gingen wir am See spazieren und küßten uns so, daß wir gegen Alleebäume prallten. In den ersten Tagen nahm sie ihren Hund mit, einen Spaniel; später nicht mehr. Bald lagen wir am Bahndamm und umschlangen uns, sogar wenn die Züge vorbeifuhren und uns in ihr vorbeihuschendes Licht hüllten. Ich mit zerrauften Haaren, Sophie über mich geworfen, die Bluse offen. Sollten sie uns ruhig sehen, die Fahrgäste, unsre keusche Leidenschaft. Wir kamen, uns küssend, nicht auf die Idee, miteinander zu schlafen. Das nicht.«

»Aha.«

»Das heißt, wir herzten uns zwischen Salbei und Ginster, wenn Willy nicht dabei war. Er schloß sich uns immer öfter an. Stand am Ort unsres Stelldicheins, als habe ein Gott ihm eingeflüstert, wann und wo. Ich schaffte es nicht, ihm nein zu sagen, wenn er mit uns den Seequai entlangschlenderte oder auch ins Kino wollte. Er war mein bester Freund.«

»Hm.«

»An jenem Tag dann – zu spät merkte ich, daß er der letzte war – gingen wir ins Kino Nord-Süd. In die erste Nachmittagsvorstellung. Sophie trug ein weißes Kleid, fast wie eine Braut, und Willy einen stinkfeinen Anzug. Nur ich war wie immer, in Kordhosen und Hemd. Wir saßen in der letzten Reihe, Sophie in der Mitte. Ihre linke Hand lag in meiner rechten, und ihre Rechte in Willys Linker. Zuweilen drückte sie meine Hand und vielleicht, gleichzeitig, die Willys. Die mit allen fünf Fingern. Ich war ihr Geliebter; aber auch mit Willy kam sie gut aus. Er war witzig! Wir sahen ›King-Kong‹ – das Ungeheuer war herzzerreißend, als es verliebt die kleine Dame ansah! –, und Willy kommentierte den Film so, daß das ganze Kino lachte. Sophie jedenfalls gewiß, bis sie Tränen in den Augen hatte.«

»Vor dem Kino dann machte sie Fotos von uns, zuerst von mir, dann von Willy. Er ging nach Hause. Und kaum war er weg, weinte sie und stammelte eine Geschichte aus sich heraus, von der ich nur begriff, daß ihr Vater schrecklich sei. Alle Väter seien schrecklich, sagte ich, das sei nun mal so. Sie schwieg auf dem ganzen Heimweg. Im Schatten der Büsche des Gartens blieb sie stehen, sah mich mit ihren großen Augen so an, wie sie es noch nie getan hatte – absolut; oder verzweifelt –, und fragte mich mit einer fast unhörbaren Stimme etwas. Natürlich verstand ich sie nicht. Ihre Augen flehten. Ich weiß nicht, warum, aber ich bat sie nicht, ihre Frage zu wiederholen, sondern nickte unbestimmt und strich ihr tröstend übers Haar. Dann wollte ich sie umarmen, küssen, aber sie riß sich los und rannte ins Haus.«

Herr Berger gab keinen Laut mehr von sich. Er träumte in den Himmel hinauf, der jetzt über und über schwarz war. Seine Beine hingen ruhig.

»Als ich in Witikon ankam, trat just Willy aus Anselm Schmirhahns Haus. Da war er sonst doch nie! Er sah, in seinem neuen Anzug, erwachsener als noch vor ein paar Stunden aus, vielleicht, weil er konzentriert ein amtlich aussehendes Papier las. Ich bat ihn um Rat. Er stand da, als sehe und höre er mich nicht, bis ich schließlich rief: ›Ja soll ich sie denn heiraten?‹ Da wachte er auf und sagte: ›Ja! Ja!‹ Er zerknüllte den Zettel, warf ihn weg und verschwand in seinem Garten.«

»Ich saß dann lange allein in meinem Zimmer, spielte Schlagermelodien auf meiner Blockflöte aus der Kinderzeit und sah zum Fenster hinaus. Schwalben versammelten sich auf den Telefondrähten. Es wurde dunkel. Lichter unten in der Stadt, über ihr ein heller Sternenhimmel. Gegen Mitternacht waren meine Sehnsucht nach Sophie und ein mulmiges Gefühl, wegen ihres unerklärlichen Blicks, so groß geworden, daß ich das Fahrrad aus dem Schuppen holte und nach Albisrieden fuhr. Egal, wenn sie längst schlief. Als ich mich durch den Gartenweg tastete, prallte ich mit jemandem zusammen, der mir entgegengerannt kam. Willy. ›Was tust *du* hier?‹ Keine Antwort zuerst. Wir standen inzwischen auf der Straße draußen, unter der Laterne, und Willy hielt sich mit beiden Händen das rechte Auge. Hatte ich es ihm blau geschlagen? ›Was ist los?‹ sagte ich. ›Was zum Teufel ist los?‹ Willy glotzte mich aus seinem gesunden Auge an. ›Sophies Hund ist tot. Komm.‹ Ich hatte ja eigentlich zu Sophie gewollt. Aber ich setzte mich auf mein Rad – Willy hatte seins in einem Gebüsch versteckt –, und wir radelten nebeneinander durch leere Straßen. Als wir in Witikon ankamen, waren wir wieder ganz vergnügt und alberten herum. Ja wir konnten uns kaum voneinander trennen und erzählten uns, schräg auf den Sätteln sitzend, immer noch eine und noch eine Geschichte.«

»Endlich schob ich mein Fahrrad den Gartenweg hoch. Als ich schon fast beim Haus oben war, rief Willy, er fahre morgen früh übrigens nach Afrika. ›Der Kongo oder ich!‹ Er stand unter der Tür und trommelte mit beiden Fäusten auf die Brust. ›Einer wird gewinnen!‹ Der Mond schien, riesig und kreisrund. ›Nach Afrika?‹ schrie ich zurück. ›Wieso nach Afrika?‹ Aber er war schon weg. Ich stellte das Rad in den Schuppen und ging in mein Zimmer.«

»Gleich hinter der Tür stand ein Koffer, der da nicht hingehörte. Ich hatte kein Licht gemacht und stürzte über ihn, Sophie in die Arme, die auf meinem Bett lag. Sie warf die Arme um meinen Hals und küßte mich. ›Was tust *du* hier?‹ keuchte ich, als ich einen Augenblick lang zu Luft kam. Ich sah sie zum ersten Mal nackt. Sie gab mir keine Antwort, sondern umschlang mich erneut und überschwemmte mich mit Küssen. Zuerst küßte ich zurück – ich wurde dabei, schnaufend und stöhnend, auch unbekleidet –, aber als sie sich auf mich warf, sich in mich wühlend und ihren Mund in meinen beißend, riß ich mich los und stürzte aus dem Zimmer. Ins Freie, in den Wald. Dort hockte ich unter der großen Eiche, deren Äste vor dem Mond zitterten. Ein Käuzchen schrie. Nachttiere raschelten.«

»Nach einiger Zeit begann ich zu frieren und ging ins Haus zurück. Sophie war weg, und mit ihr der Koffer. Ich rief: ›Sophie?‹, einmal, nicht allzu laut. Ich wollte den Vater, die große und die kleine Schwester nicht wecken. Vor dem Bett lag eine von Sophies Sandalen. Ich hob sie auf. Dann sah ich zu Willys Fenster hinüber, hinter dem Licht brannte.«

»Ich war wohl doch eingeschlafen, denn als ich hochschreckte, verkrümmt im Fensterrahmen liegend, ging die Sonne auf. Ein Taxi wartete mit laufendem Motor auf der Straße unten. Willy hievte einen Überseekoffer in den Gepäckraum, in den die Dogge auch hineinwollte. Anselm Schmirhahn stand in einem Bademantel neben den beiden, ohne zu helfen. Sophie kam vom Haus her, schief gehend, weil sie nur eine Sandale trug und weil sie den Koffer schleppte. Sie hatte ihr weißes Kleid an. Ich packte die andere Sandale, sprang zum Fenster hinaus und rannte den Gartenweg hinunter. Spitze Steine bohrten sich in meine Fußsohlen. Als ich beim Taxi ankam, war der Koffer verstaut, und Sophie saß neben der Dogge auf dem Rücksitz. Willy stand vor der offenen Autotür und drückte Anselm die Hand. Mir gönnte er keinen Blick, oder doch, plötzlich wandte er sich mir zu, gab mir einen Klaps auf die Wange und sagte: ›Das hast du prima gemacht!‹ Erst jetzt merkte ich, daß ich nackt war. Blutig gekratzt, von irgendwelchen Brombeerranken im Wald. Willy setzte sich neben die Dogge, rief dem Fahrer etwas zu, und ich lief neben dem anfahrenden Auto her. Gerade noch gelang es mir, die Sandale in Sophies Schoß zu werfen.«

Ich stand jetzt vor Herrn Berger. Der hatte die Augen geschlossen und schien zu schlafen. Oder war er tot? Ich näherte meinen Mund dem mir näheren Ohr und blies hinein. Er blinzelte.

»Waren Sie mal verliebt?« sagte ich.

»Ich *bin* verliebt!« Er klang hellwach und öffnete ein Auge, das linke. »Ich bin in Schwester Anne verliebt. Ich habe sie sogar gefragt, ob sie mich heiraten wolle. Sie werden nie erraten, was sie mir geantwortet hat.«

»Wetten?«

»Aber sicher. Eine Flasche Meursault.«

Ich sagte es ihm.

»Woher wissen Sie das?« Jetzt waren seine beiden Augen weit offen, und er saß aufrecht. »Haben Sie uns nachgeschnüffelt?«

»Das sagt sie immer.«

Herrn Bergers Augen wurden noch größer. Er atmete tief ein und aus und holte das Bein, das zum Fenster hinaushing, ins Zimmer zurück. »So ist das also!« sagte er, kramte die Uhr aus der Tasche und stand auf. *»C'est l'heure.«*

Er hob den Hut und ging durch den Korridor davon. Ein beschwingtes Schlurfen, wenn es so was gibt. Draußen fuhr ein Blitz aus dem Himmel, und ein Donner krachte.

WER ZEUGE WIRD, *wie sich die Stammesfürsten in den verbotenen Wäldern treffen, ist verloren. Andrerseits kann das leicht geschehen. Die Mächtigen, in ihrem Stammesputz, kommen aus allen Waldteilen, schlagen sich monatelang mit Messern durch den Dschungel oder fahren in Einbäumen die Flüsse hinunter. An geheimen Orten stoßen sie aufeinander, Ungeheuer, Monumente, jeder prächtiger, grauenvoller als der andere. Sie sind in Löwenfelle gekleidet, in Elefantenhaut, blutbeschmiert, voller Erde, sonnenleuchtend. Sie tragen Masken. Sie sind meterhoch, weil sie auf Podesten gehen, auf Stelzen aus Giraffenbeinen, auf Sklaven, die zu ihren Beinen geworden sind und ihnen gehorchen, als hätten sie dasselbe Nervensystem. Tagelang dauert ihre würdevolle Begrüßung, wo jeder jedem jede Gunst erweist und alle die geringste Kränkung mit Mord und Krieg beantworten. Wie viele Shakehands im Kongo haben mit dem Tod der Grüßenden geendet! Mit der Ausrottung ganzer Völker! Beug deinen Kopf vor den Dschungelherren, aber beug ihn richtig. Nicht zu lange: sonst fährt dir die Schwertklinge in den Nacken, ohne daß du sie kommen siehst. Nicht zu kurz: welche Unbotmäßigkeit dazu führt, daß du das blitzende Messer auf dich zuschießen siehst, ohne ihm ausweichen zu können. – Wozu treffen sich die Großen? Nur sie wissen es. Wenn sie zurückkommen, falls sie zurückkommen, ist es für dich wie zuvor. Für sie nicht, aber du weißt nicht, in welcher Weise. Manche haben ihre Macht verloren, ohne daß ihre Untertanen es wissen. Jahrelang regieren sie weiter, im alten Schrecken. Zeigen auf den, auf die: und wie eh und je werden die sich panisch Sträubenden zu den Krokodilen hinuntergestoßen. Bis ein Kind sagt, Furzkerl, und das Monster hinsinkt. Dem Kind das Szepter überläßt. Sag aber einem Mächtigen, einem vermeintlich Machtlosen zur falschen Zeit das entmachtende Wort: dein Blut spritzt alle Würdenträger voll, so wenig Zeit bleibt, dem Racheschlag auszuweichen. – Der Hofmörder weiß genau, wann er zu schlagen hat. Nie aber, seltsam, hat einer von ihnen den löwigen Herrscher umgebracht, auch wenn er um das schreckliche Geheimnis wußte: daß er zahnlos geworden war beim letzten Königstreffen. – Es kann sein, daß der eine oder andre Königsteufel in seine Stammlichtung zurückkehrt – die Untertanen haben Nacht für Nacht gesungen und getanzt –, und ihm gehören die Seelen aller andern Herrscherdämonen, für*

zwölf Monde. Und er nutzt es, er nutzt es nicht aus. – Man hat gehört, ich habe es gesehen, daß die Unerreichbaren in einem großen Kreis sitzen, das Waldrund im Rücken, in ihrer Mitte ein loderndes Feuer, durch dessen Funken hindurch sie hie und da ihren Antipoden erblicken, ein schwarz blitzendes Ungeheuer aus blutigen Federn, mit meterhohem Kopfputz, genau wie sie. Sie sitzen, sie schweigen, sie wiegen sich im Klang der Trommeln der Vasallen, sie sind so konzentriert, daß sie alles anziehen wie Magnete. Sogar der Wald wandert. Menschen, in der Nähe, rutschen hilflos der verbotenen Königslichtung zu. Werfen einen einzigen bestürzten Blick auf das Ungeheure: nein!: und sind schon die Beute der Wächter, die, mit dem Rücken zu den Königlichen, ihre Erwartung dem schwarzen Wald zuwenden und jeden Arm, jeden Fuß fassen, der aus dem Dickicht gefahren kommt. Halt dich, halte dich fest an jedem Stamm, an jeder Liane. Sie sehen dich nicht, solange du im Waldesschwarz bleibst. Klammere dich an mit aller Kraft. Ein Finger ins Licht, und mit dir ist es aus. Nie hat ein Sterblicher, angezogen von der Magnetkraft der Ewigen, den Blick ins Wesenszentrum überlebt, außer vielleicht, weil geheimste Sagen dies berichten, ein einziger, dem es gelang, das ihn anziehende Monster so schnell zu überwältigen, sich an seinen Platz zu setzen, in seiner Maske, daß die Mörderhelfer ihn für den Ursprünglichen hielten. – Darauf kannst du dich nicht verlassen, du! – Die Anziehung der Häuptlinge, vereint, mag zuweilen so groß sein, daß nicht nur der Wald wandert – sie beginnen ihr Treffen auf einer riesigen Lichtung und beenden es, von den Baumstämmen fast erdrückt –, sondern daß ganze Länder sich verändern. Grenzen, die eben noch auf jenem Hügelzug waren, sind plötzlich in der Ebene unten. Ja, die Kontinentaldrift soll mit dem Wirken der Teufelsgötter zusammenhängen. Satellitenfotos zeigen uns jedes Jahr rasende Ländereien. Staubfahnen, wirbelnde Wasser. Ziegen, Menschen, Gazellen rennen auf dem dahinschlitternden Heimatboden in der Gegenrichtung, dennoch langsamer. Mit dem Hintern voran verschwinden sie, auf der Zunge des Großmonsters noch um ihr Leben laufend, in den geöffneten Freßmäulern. Paß auf, ich kenn mich aus. Du kannst auch beißen wollen, Dummkopf. Das will auch der Pavian, wenn er, verzweifelt, die nutzlose Flucht abbricht und sich dem Leoparden entgegenstellt, mit aufgerissenem Maul. Jenen

Schrei ausstoßend, den er als Drohung meint und den der Leopard als das Hinnehmen des Todes versteht. Er wartet das Ende des Gekreischs ab, ein lässiger Prankenhieb dann. Dein Auge bricht, dein Genick knirscht. – Niemand weiß, wann die Treffen sind, gar wo; ums neue Jahr herum, das allerdings bei jedem Dschungelstamm in einem andern Monat stattfindet. Du erkennst sie, weil das Singen, das Dröhnen, das Trommeln unendlich viel kraftvoller als das alltägliche strahlt. Die Häuptlinge haben Köpfe wie Gebirge, und jeder Schädel, so verschieden aussehend, daß sogar, sagt man, die Chefs selber zittern, wenn sie ihresgleichen erblicken, jeder Schädel, sage ich, hörst du, jeder dieser Schädel ist ein Musikinstrument, das Klänge erzeugt, wie sie niemand hören kann, ertragen kann, überleben kann. Von ganz fern, ja, natürlich. Dann flieh. Flieh und laß dich vom Echo nicht täuschen, das dich in die falsche Richtung schicken will, dem Unheil in die Arme. – Am Ende der wochenlangen Treffen, wenn die Bäume schon nahe gerückt sind und nur noch deshalb einen Lichtungsrest lassen, weil viele von ihnen fürs Feuer gebraucht werden, Stamm für Stamm: wenn schon die Kanus gerüstet sind und die in den Wald starrenden Wächter ermüden, wenn die Messer wieder dazu dienen, den Heimweg freizuschlagen, und kein Eindringling mehr erwartet wird – die Knochen derer, die gekommen sind, bilden abseits einen Haufen –, wenn selbst den Ungeheuer Großen die Beine weh tun vom unaufhörlichen Bei-der-Sache-Sein, die Muskeln vom nie erlahmten Sichanspannen: dann sagt der, der sich am sichersten fühlt, am mächtigsten: Brüder, wie wär's mit einem Bier? Die Frage ist ein Ritual. Die Biere sind vorbereitet. Das Wort darf nur nicht zu früh gesagt sein. Alle Herrscher trinken, schlucken, keuchen, rülpsen. Lehnen sich zurück. Der eine oder andre lüftet gar die Maske für eine Sekunde und wischt sich den Schweiß ab. – Mag sein, daß nun auch Frauen für die Großen da sind, die Erschöpften, aber immer sind es dann Frauen aus den weißen Ländern, von charmanten Häschern in den Urwald verlockt, aus dem es keine Rückkehr gibt. Kichernd, mit hochgeworfenen Röcken, erregt folgten sie ihnen. – Die Frauen der Giganten tauchen zu der Zeit unerkannt auf den Märkten fremder Stämme auf. Sie tragen einfachste Gewänder, keinen Putz. Nur ihre atemberaubende Schönheit kann sie entlarven, tut dies zuweilen auch: dann werden sie von schreienden Weibern niedergemetzelt.

Sonst gehen sie dahin, dorthin. Suchen nach dem Sohn des Häuptlings. Oh, ihre Augen. Die Lippen. Die Zunge. Oft, immer eigentlich, folgt der junge Mann der Frau in ihr Zelt. Sie erscheint ihm, der der nächste Löwenherrscher hätte werden können, von den Himmeln gesandt. Nackt, schlank, kundig. Sie bettet ihn auf den Rücken, küßt ihn auf Mund und Brust und legt dann den Kopf auf seinen Bauch – er sieht ihr Kraushaar von hinten – und saugt ihn aus. Saugt und saugt – oh, vorerst möcht sich der Herrschersohn verströmen vor Lust –, saugt weiter, erbarmungslos, bis sein Genuß in Schmerz umschlägt und er Halt inne! rufen möchte, aber dafür ist's nun zu spät, er ist zu schwach und sie ist zu stark, so wild endlich, daß sie den ganzen Häuptlingssohn einschlürft mit Haut und Haar und nur noch das weiterhin steife Glied in ihrem Mund bleibt. Alle Gigantenfrauen tun dies. Die eingesogenen Männer geben ihnen jene Kraft, die sie brauchen, wollen sie den Machtvollen für ein weiteres Jahr gewachsen sein. – Mit dem Penis als Beweis gehen sie zurück. Manche behalten ihn im Mund, wie eine Zigarre, die meisten binden ihn an ihre Gürtel. Eine Frau, die so angetroffen wird, darf nicht getötet werden. Gefahrlos schreitet sie durch das schweigende Heer des Todfeinds. Alle starren auf den Sohn des Häuptlings, das, was von ihm geblieben ist, im Mund der schönen Feindin oder an ihrem Bauch baumelnd. – Du, geh weg, wenn du eine Schöne siehst. Verbirg dich. Sie wird dir Augen machen, Augen! Traue ihnen nicht, diesen Blicken. Oder tu es. Es wird herrlich sein: und das letzte Mal.

HERR BERGER war noch keine zehn Minuten weg, als das Gewitter losbrach. Blitze krachten in die Ulmen des Parks, und es donnerte so, daß die Fensterscheiben zitterten. Eine Sintflut rauschte vom Himmel. Ich schloß das Fenster und machte eine Runde durch alle Zimmer meiner Etage, um nach dem Rechten zu sehen.

Als ich Herrn Andermattens Fenster geschlossen hatte – er saß im Bett und schimpfte vor sich hin – und wieder in den Korridor trat, hörte ich ein Gelächter aus dem Zimmer Frau Schroths. Meines Vaters. Tatsächlich stand der drin, mit einem nackten Oberkörper, und eine der Putzfrauen, die hübschere, rieb ihn mit einem Frottétuch trocken. Er war hager geworden, regelrecht knochig. Sie war mindestens so naß wie er und trug ein T-Shirt, auf dem »Hard Rock Café Tijuana« stand. Ihre Haare waren triefende Strähnen. Mein Vater schwankte unter ihrer Kraft hin und her und hielt sich am Griff eines kleinen Lederkoffers fest.

»Willkommen, Vater!« sagte ich.

Er drehte sich nach mir um. »Hallo, Sohn!« Die Putzfrau hörte auf, auf seiner Haut herumzuschrubben, und strahlte mich an.

»Cindy hatte die Freundlichkeit, mich mit dem VW-Bus des Heims abzuholen«, sagte mein Vater.

Die Putzfrau, die nun plötzlich einen Namen hatte, Cindy, zog ihr T-Shirt aus und trocknete sich mit dem längst nassen Frottétuch. Mein Vater starrte sie an, und ich auch, glaube ich. Sie öffnete den Reißverschluß einer pinkfarbenen Sporttasche, nahm ein Hemd heraus und zog es an. Es war eins meines Vaters, ein feldgraues Armeehemd aus der Zeit des Aktivdienstes.

»Ich bin aus Kramer Jonction, California«, sagte sie. »Ich habe experimentelle Molekularphysik studiert. Am MIT und an der ETH. Ein A-plus-Abschluß. Jetzt jobbe ich, bis ich einen Job finde.« Sie sprach mit jenem Akzent, den man lieben muß, will man das Gesagte verstehen.

»Hübsche Tapete«, sagte mein Vater, immer noch mit seinem Koffer in der Hand. Er trat näher an sie heran, musterte sie, ein Gewirbel aus grellgrünen Blättern und weinroten Flammen. »Wirklich apart.« Die Bilder und Erinnerungsfotos Frau Schroths hatten ihre Spuren hinterlassen. Mehr oder minder blasse Vierecke, die sich an manchen Stellen überlappten. Ich hatte sie abgehängt, bis auf eines, das ich übersehen hatte. Ein großes Gemälde. Ein Mädchen in einem weißen Kleid hüpfte über einen schmalen Brettersteg, unter dem ein Wildbach toste. Über ihm schwebte ein Engel in einem ganz ähnlichen Gewand. »Sehr nett.« Mein Vater trat zu dem Bild hin. »Werd ich hängen lassen.«

»Willst du nicht deinen Koffer abstellen?« sagte ich. »Oder gehst du gleich wieder?«

»*We had a lot of fun, hadn't we?*« rief Cindy meinem Vater zu und boxte ihn in die Rippen.

»I bet we had«, antwortete der und stellte den Koffer vor die Kommode. Er sprach mit demselben Akzent wie sie, nur seitenverkehrt. Er wühlte seinerseits in der pinkfarbenen Tasche, kramte ein ebenfalls feldgraues Hemd hervor und zog es an. Die übrigen Hemden tat er in die Schublade. Dann öffnete er den Koffer und holte seine Kasperpuppen heraus: Hitler und General Guisan, dem immer noch die Nase fehlte. Er und Cindy sahen jetzt wie zwei Kampfgefährten aus, am D-Day oder im Réduit.

»Alle Möbel habe ich entrümpeln lassen«, sagte er. »Ein Anruf, und sie waren da. Hast du gewußt, daß die alles, was sie nicht weiterverkaufen können, auf der Stelle zerhacken? Den Basteltisch haben sie vor meinen Augen mit einem Beil zu Kleinholz zerschlagen.«

»I cried«, sagte Cindy. *»I could not help it, I cried.«*

Ich nickte.

»Sie sagt, daß sie geweint hat«, sagte mein Vater. »Sie ist ein Schatz.«

»Ich kann Englisch«, murmelte ich.

Mein Vater stellte sich neben Cindy ans Fenster, das jetzt wieder offenstand. Er legte eine Hand auf ihre Schulter, und sie sah zu ihm hoch. Beide lächelten. Es regnete immer noch, aber das Gewitter war weitergezogen. Die Bäume standen ruhiger. Die Luft war kühl und frisch geworden. Ich stellte mich hinter die beiden. Wir atmeten alle drei tief ein und aus. Dann ließ mein Vater Cindy los und kippte den Inhalt der Tasche in die Kommode: eine Kordhose voller Flicken, zwei Pantoffeln, eine Unterhose. Das Katzenfell, das durchlöchert war. Die Schnitzmesser. Ein paar Taschentücher. Ein Korkenzieher. Eine uralte Nummer der »Sie + Er«, die einen notgelandeten amerikanischen Bomber auf dem Titelblatt zeigte. Und den Revolver.

»Hat den die Polizei nicht beschlagnahmt?« rief ich.

»Hat sie«, antwortete mein Vater. »Ich habe ihn mir wieder angeeignet, als der Herr Wachtmeister sich verabschiedete. Und die Munition.«

»Er ist doch nicht etwa geladen?«

»Eine ungeladene Waffe, ich bitte dich.« Mein Vater sah mich kopfschüttelnd an, entsicherte den Revolver und schoß, ohne zu zielen, an Cindy vorbei durchs Fenster. Ein fürchterlicher Knall.

»Hey!« rief Cindy. *»Man!«*

»Papa!« Ich rannte zu ihm hin. »Gib den Revolver her. Sonst kommst du in die Psychiatrie. In die geschlossene Abteilung.«

Ich steckte den Revolver in meine Tasche. Alle drei waren wir jetzt erneut am Fenster. Unter uns stand Herr Berger im Gras und beäugte eine Taube, die ihm vor die Füße gestürzt war. Blut, ein zerfetztes Gefieder. Schwester Anne streckte den Kopf zur Tür herein und sagte: »Hat da nicht jemand geschossen?«

»Geschossen?« sagte Cindy.

»Hier nicht«, ich.

»Eine Taube«, sagte mein Vater, der als einziger weiterhin aus dem Fenster sah. »Im Flug!«

Schwester Anne hob die Schultern und verschwand. Wir schwiegen und lauschten ihren energischen, sich entfernenden Schritten, bis diese sich, weit weg, mit dem näher kommenden Schlurfen Herrn Bergers kreuzten. Herr Berger hörte sich nicht mehr beschwingt an. Im Gegenteil. Als er sichtbar wurde, unter der Tür, war er klatschnaß und zwinkerte, weil ihm das Wasser aus den Haaren in die Augen rann. Sein Strohhut, den er in einer Hand hielt, glich einem Scheuerlappen. Die andere Hand umklammerte eine Weinflasche.

»Da draußen stürzen Tauben vom Himmel«, sagte er tonlos. »Vom Blitz getroffen.«

»Fritz?« flüsterte mein Vater. »Bist du's?«

Herr Berger rieb sich die Augen trocken. Blinzelte. Dann ging er auf meinen Vater zu und sah ihn, vorgebeugt, von ganz nah an.

»Mein Gott«, sagte er und stellte die Flasche auf den Boden. »Kuno.«

Sie starrten sich an, drückten sich die Hände und blieben so, ohne sich zu rühren. Plötzlich fielen sie sich in die Arme und schlugen sich auf die Rükken. Dann ließen sie sich los, und mein Vater sagte: »Das ist Fritz. Mein bester Mann.«

»Dein bester Mann?« rief ich. »Was soll das heißen?«

»Kuno war mein Führungsoffizier«, sagte Herr Berger. Von seinem Kopf tropfte das Wasser.

»Ihr was?« Ich sah zwischen den beiden hin und her.

»Wir waren Wiking«, sagte mein Vater. »Ich habe ihn vor fünfzig Jahren zum letzten Mal gesehen.«

Herr Berger hielt mir die Weinflasche hin. »Für Sie. Meursault war leider aus. Hab ich einen Kalterersee genommen.«

»Wiking?« sagte ich und nahm die Flasche. »Nie gehört.«

2

»**WIKING WAR** eine Linie des Nachrichtendienstes der Schweizer Armee im Zweiten Weltkrieg«, sagte mein Vater. »Unser Informant war ein Adjutant Hitlers im Führerhauptquartier. Fritz war der Kurier.«

»Ich war Kaufmann«, sagte Herr Berger. Er strahlte meinen Vater an und nickte. »Ich weiß nicht, ob ich das schon erwähnt habe.«

»Optische Geräte.« Ich sah wieder meinen Vater an. »Du warst also sein Führungsoffizier. Was heißt das?«

»Ich leitete das Büro, das für die Aufklärung Deutschland zuständig war«, antwortete dieser. »Ich führte Wiking.« Und zu Herrn Berger: »Daß wir uns hier treffen!« Er leuchtete ebenfalls.

»Die Welt ist klein!«

Herr Berger hängte den Strohhut an einen Garderobenhaken und schüttelte sich. Mein Vater wich den herumspritzenden Wassertropfen mit einem Schritt zum Bett hin aus. Cindy, die getroffen wurde, rief: *»Hey, Mister Berger!«*

Ich ließ mich auf den Plastikhocker fallen, der in allen Zimmern neben dem Waschbecken stand. Mir war, als hätte mich jemand in den Magen geboxt. »Und wieso weiß ich das nicht?« sagte ich zu meinem Vater, als ich wieder atmen konnte.

»Du warst ein Kind«, sagte der. »Dein ganzer Kindergarten hätte am nächsten Morgen gewußt, daß dein Vater beim Geheimdienst ist.«

Weil Herr Berger in einer Wasserlache stand, hob Cindy seine Arme nach oben, zog ihm die Anzugsjacke und das Hemd aus, dirigierte seine mageren Arme in ein trockenes Hemd, auch eins aus den feldgrauen Vorräten meines Vaters, und knöpfte es zu. »Sie holen sich sonst den Tod«, sagte sie, als sie fertig war. Jetzt trugen alle drei feldgraue Hemden.

»Aber nach dem Krieg! Als ich erwachsen war!« Ich tat einen Schritt auf meinen Vater zu und, weiß der Himmel, wenn er nicht ein so alter Mann gewesen wäre, ein Tattergreis, kann sein, daß ich ihn am Kragen gepackt hätte, oder an der Gurgel.

»Ich war gern ein harmloser Vater«, sagte er.

»Und ich« – ich bemerkte erst jetzt, als ich die flache Hand gegen die Stirn schlagen wollte, daß ich die Weinflasche immer noch umklammert hielt – »habe gedacht, daß du ein Versager bist! Ein Langweiler! Eine Pfeife! Eine Pumpe! Ein Angsthase! Ein Nichts! Ohne Schicksal! Dabei hast du mir einfach nichts gesagt!« Ich stellte die Flasche so heftig ins Waschbecken, daß sie eigentlich hätte zerklirren müssen.

Mein Vater hob die Arme. »Nach dem Krieg«, sagte er, »haben alle Mitarbeiter des Nachrichtendienstes verabredet, über ihre Tätigkeit während des Kriegs zu schweigen. Daran haben wir uns gehalten. Stimmt's, Fritz?«

Herr Berger nickte.

»Interviews habt ihr gegeben«, rief ich. »Autobiographien habt ihr geschrieben. Erzählt mir doch nichts. Im Fernsehen seid ihr aufgetreten.«

»Ich nicht«, sagte mein Vater.

»Ich auch nicht«: Herr Berger. Und Cindy, vielleicht weil sie das gleiche Hemd trug, echote: »Ich schon gar nicht.«

Jetzt lachten alle drei. Ich sah eisig zwischen ihnen hin und her, bis ihr Gelächter erfror.

»Ihr Herr Vater meint«, sagte Herr Berger, trat zu mir hin und legte eine Hand auf meine Schulter, »daß wir nach dem Krieg nicht öffentlich werden lassen wollten, was wir getan hatten. Wir hatten Kinder. Es gab tausend alte Nazis, die sich rächen wollten.«

Er sah zu mir hoch – er war kleiner als ich – und nickte schon wieder.

»*Das* war der Grund«, sagte ich und nickte auch. »*Das* verstehe ich.«

»Das war der Grund.« Herr Berger wandte sich meinem Vater zu. »Nicht wahr, Kuno.«

»Nein«, sagte mein Vater.

Mir reichte es. »Essen ist in zehn Minuten«, sagte ich und stürmte zur Tür hinaus. Es kann sein, daß ich sie hinter mir zuschlug. Während ich durch den Korridor ging, hörte ich, daß die beiden alten neuen Freunde bester Laune

waren. Auf der Treppe begegnete ich Schwester Anne, die mich nicht weiter beachtete.

ZUM GLÜCK habe ich den Austausch-Akku für meinen Laptop mitgenommen. Ich habe ihn eben anschließen müssen, weil mein Text immer blasser wurde und schließlich gar nicht mehr vom Fleck kam. Das Gedächtnis tot. – Das ist der Abend des dritten Tags: Eigentlich wollte ich jetzt fertig sein. Aber das Ende ist noch fern. 101031 Zeichen hat mein Laptop gespeichert. So oft habe ich auf die Tasten gedrückt und habe immer noch zehn Finger! – Die Dämonen des Waldes beobachten mich. Jetzt, wo ich mich auf diese Huldigung eingelassen habe, diese Beschwörung, ich könnte sie nur um den Preis des Tods abbrechen. Wenn ich *jetzt* nach Hause ginge, eine grüne Viper bisse mich gewiß. Ich stehe unter dem Schutz der Geister: aber auf Zusehen nur. Die Duldung der Waldgeister kann schnell enden, und wehe, du hast ihre Gunst verloren. Lauf, schrei, flieh: sie erwürgen dich, wann *sie* wollen. Da steckst du dann auf deinem Pfahl, wie viele andere schon. Lebst noch ein, zwei Tage, das Holz durch den Leib. Deine Schreie: Blutfontänen. – Mein Programm kann übrigens nur fünf Stellen anzeigen. Daß ich über hunderttausend bin, weiß ich, weil ich es weiß. Anzeigen tut es nur eintausendundsoundsoviel, bei jedem Wort ein paar mehr. 01954 sind es jetzt schon, 01981. Offenkundig ist einer wie ich – einer, der *so* viel schreibt – nicht vorgesehen. Was, wenn auch das Gedächtnis der Maschine nicht genügend Kapazität aufweist? – Hier oben ist kein Drucker. Kein Strom sowieso, und ich glaube, der Drucker läuft nicht mit einem Akku. – Ich darf nicht aufhören. Ich darf nicht denken, daß der Hunger mich zerwühlt. Daß ich stinke. Daß der Rücken mich schmerzt. Daß ich auf der Stelle einschlafen könnte. Ich darf nicht zu den Bierflaschen hinübersehen. – Eben geht die Sonne unter. Alles leuchtet rot. Der Wald, grün sonst, sieht aus, als stünde er in Flammen.

ALS ICH ins Zimmer zurückkam, standen Herr Berger und mein Vater immer noch. Als gäbe es keine Stühle. Ich hatte mit den Tamilen in der Küche gegessen, weil ich, eine Weile lang wenigstens, keine Greise mehr sehen wollte. Sie waren jung, die Geschöpfe eines heiteren Gottes. Wir aßen nicht das Anstaltsessen – Milchreis und Backpflaumen –, sondern einen scharfen Reis, und tranken Tee (die Tamilen) beziehungsweise Bier (ich). Die Tamilen machten Witze über Schwester Anne, und ich erzählte von meinem Vater. Als ich aufstand und mich für das Essen bedankte, sagte der Hilfskoch, Kamal, das sei sein letzter Abend. Morgen werde er ausgeschafft. »Eigentlich heiße ich Saravanapavanathan. Jetzt, wo wir uns nie mehr sehen werden, möchte ich, daß Sie das wissen.« Ich gab ihm die Hand und ging.

»Weißt du, daß ich – «, sagte mein Vater zu Herrn Berger.

Aber der unterbrach ihn sofort: »Nein! Eben nicht! Nichts weiß ich! Im Nachrichtendienst teilt man keine Erinnerungen! Frag den da!« Er wies auf mich.

»So ist es«, sagte ich und setzte mich wieder auf den Schemel. Cindy war verschwunden. Sie war zum Essen gegangen, anders als die Alten.

»Das will ich sagen!« Mein Vater war rot vor Erregung. »Was ich euch sage, habe ich noch niemandem gesagt!«

»Zum Beispiel?« sagte ich.

»Ich hatte auch eine Linie nach Frankreich. Das zum Beispiel.«

»Und?«

»Ein General im französischen Generalstab. Vichy. Nachrichtendienstler. Er hieß Lombard und sagte mir Dinge, die er seiner eigenen Regierung nicht meldete. Ich wußte immer, welche deutschen Truppen wo in welcher Stärke stationiert waren. Wir trafen uns im Elsaß. Ich schlich nachts durch Schrebergärten, durch ein Loch im Stacheldraht, über Wiesen, auf denen der Bodennebel kroch, in ein Gasthaus, das bei einer Schleuse am Rhein-Rhône-Kanal stand. Dort saßen wir im Hinterzimmer und tranken Edelzwicker. Der Wirt war bei der Résistance.«

»Aha«, sagte ich.

»Ach ja!« seufzte Herr Berger.

»Einmal, als ich gerade gehen wollte, mit einem ganzen Packen Material in der Tasche, kam ein Trupp SS ins Lokal. Stundenlang brüllten sie sich Witze zu und sangen Lieder. Wenn einer nach hinten gekommen wäre! Zudem mußten wir beide dringend aufs Klo.«

»Oh. Ja. Kenn ich«: Herr Berger.

Ich trommelte mit den Fingern auf meinen Knien herum. Vor mir mein Vater geriet immer mehr in Fahrt.

»Ein andermal hatte der General Geburtstag. Wir feierten das und tranken viel. Das Leben war damals nur auszuhalten, wenn man es hie und da in Fendant ertränkte. Im Morgengrauen fuhren wir zur Grenze, in den Dienst-Chevy gequetscht, das ganze Büro mit allen Frauen. In einem Boot der Grenzbrigade setzten wir nach Deutschland über, immer noch der ganze Trupp. Dort brachten wir uns in den Besitz eines Geschützes, das wir schon lange geortet hatten und das unbewacht im Ufergehölz stand. Die Frauen, in ihren Sonntagsroben, zogen und zerrten am eifrigsten. Im selben Nachen fuhren wir über den Rhein zurück. Inzwischen war's taghell. Kein Schuß, nichts. Es war ein Wunder, daß wir nicht laut sangen. Auf der Rückfahrt landeten wir in einem Graben. Der Chevy kippte auf die Seite, die Haubitze, oder was immer sie war, fiel aus dem Kofferraum und kollerte die Böschung hinunter. Wir pinkelten, Männer und Frauen, in einer langen Reihe am Waldrand und gingen dann zu Fuß zum nächsten Bahnhof. Das Geschütz hatten wir dem General schenken wollen.«

Ich sprang auf und setzte mich wieder. Herr Berger öffnete den Mund, wohl weil er auch etwas sagen wollte. Aber mein Vater holte nicht einmal Atem.

»Alle wichtigen Nachrichten«, rief er, als gehöre das zur selben Geschichte, »gab ich an die Alliierten weiter. Das war ein Verstoß gegen das Prinzip der Neutralität. Wenn es der Bundesrat erfahren hätte, irgendwer vom Generalstab, ich wäre dran gewesen. Die Alliierten erfuhren von *uns*, daß Hitler Rußland angreifen wollte. Auch im Büro wußte nur« – er trank mitten im Satz einen Schluck Wasser – »eine einzige Person von meinen Kontakten: die Frau, die sich in immer wechselnden Restaurants mit der Frau des Sekretärs der britischen Botschaft traf. Sie mußten sich so konspirativ verhalten, als seien sie im Ausland. Beide hatten die Neue Zürcher Zeitung bei sich, oder manchmal auch die National-Zeitung. In der Zeitung meiner Mitarbeiterin waren die Meldungen eingeklebt. Wenn die Frauen sich nach einigem Getratsche trennten, nahm die Engländerin unsre Zeitung, und umgekehrt. Sie saßen immer in der Nähe des Klos. Wenn jemand auftauchte, der wie einer von der Gestapo oder der Bundespolizei aussah, spülten sie das Material in die Kanalisation.«

Herr Berger schloß den Mund wieder. Er hatte es aufgegeben, etwas sagen zu wollen. Ich sowieso. Ich schlug die Beine übereinander, verschränkte die Arme und sah meinen Vater an. Der war nicht mehr zu bremsen.

»Einmal war einer unsrer Agenten in Gefahr, in Stuttgart. Ich hatte niemanden, ihn zu warnen, und mußte selber fahren. Es war furchtbar eilig. Ich mußte einen Zug erwischen. Unser Spezialdienst fälschte, dampfend vor Konzentration, die Dokumente, die ich brauchte. Paß, Urlaubsschein, Niederlassungsnachweis. Einen ganzen Haufen. Alle echter als echt, Meisterwerke. Stolz stand der Mann, der das alles so perfekt hingekriegt hatte, vor mir und deutete auf die Uhr. Gerade noch geschafft. Ich lächelte ihn dankbar an und unterschrieb einen Ausweis nach dem andern. Dann schüttelten wir uns die Hände, und während wir das taten, dämmerte mir, daß ich eben Blatt für Blatt mit meinem eigenen Namen unterschrieben hatte. Kuno Lüscher statt Horst Wesselheim.«

»Das – «, sagte Herr Berger und verstummte.

»Papa!« sagte ich.

»Zu Beginn des Kriegs kriegte ich von der Armee einen Hund. Einen Dobermann. Er hieß Ero und sollte mich schützen. Uns. Ich hatte so Angst vor ihm, daß ich mich nicht in mein eigenes Haus traute, wenn ich nachts heimkam und er hinter der Tür knurrte. So daß sie mir den Hundetrainer, Herrn Harder, dazuliefern mußten. Harry Harder. Vor dem hatte ich keine Angst.«

»Das waren – « Herr Berger versuchte es nochmals, wieder ohne Erfolg.

»Papa!« sagte ich ein zweites Mal.

»Im Sommer 1942 war mir gemeldet worden, daß Skorzeny sich im Raum Singen aufhalte.« Er faßte Herrn Berger am Jackenärmel. »Skorzeny! Du weißt, was das bedeutete!« Herr Berger nickte heftig. »Es war eine Kleinigkeit für ihn, von der Grenze durch den Wald zu kommen, fünfzig Kilometer beste Tarnung, und mich zu liquidieren. Ich schlief mit einer Maschinenpistole im Arm. Einmal hörte ich Schritte auf dem Dach. Das war er! Ich nahm die MP und kletterte auf die Balkonbrüstung. Lugte aufs Dach. Niemand. Die Schritte waren Siebenschläfer gewesen. Ich stand in meinem Nachthemd wie ein Gespenst. Wie eine Zielscheibe. Ero hatte keinen Mucks getan, und Harry Harder schlief.«

»Papa«, sagte ich. »Hör endlich auf!«

»Das waren Zeiten!« Herr Berger sprach gleichzeitig mit mir.

»Weiß Gott, Fritz!«

Ich fuhr von meinem Hocker hoch, stürzte zu meinem Vater hin und drehte ihn zu mir um. Jäh hatte ich wieder, wie vor zwei Stunden schon, das Bedürfnis zu brüllen. Also brüllte ich. Ich brüllte: »Ist das wahr?«

»Ja.«

»Wie hieß der? Skorzeny?«

»Ja«, sagte mein Vater.

»Hat dieser Skorzeny«, ich blieb so laut wie zuvor, »die Mutter umgebracht?«

Mein Vater wurde bleich. »Nein«, sagte er. »Nicht Skorzeny.«

»Wer denn?«

Er hob die Schultern. Er war wieder ein alter Mann geworden, mit einem Gesicht voller blauer Äderchen, flatternden Augenlidern, zitternden Lippen. Eine rote, schiefe Nase. Die Ohren sahen abgenutzt aus. Wie beim letzten Mal wurde ich wieder leise. Das heißt, ich versuchte es. Aber ich sprach wohl immer noch so, als stünden die beiden Greise, die Hände an ihre Ohren gepreßt, fern auf einem andern Planeten.

»**WIE KANNST DU** nur so reden?« sagte ich, immer noch laut genug. »Als sei der Krieg ein Abenteuer gewesen! Ihr habt um euer Leben gekämpft! Um das eurer Kinder! Um das Leben aller! Hätte Hitler gesiegt, wären wir heute nicht hier! Die Alten nebenan: unwertes Leben! Keine Cindy, keine Sharon, nur arisches helvetisches Personal. Ich in einem Lager, ach was, längst erschlagen, weil mein Vater ein Volksfeind war. Ihr sowieso aufgehängt. Und ihr steht da und erzählt von euren Ruhmestaten.«

Mein Herz klopfte, und ganze Schweißbäche rannen mir übers Gesicht. »Tote!« rief ich. »Millionen Tote! So viele Tote wie noch nie in der Geschichte der Menschheit! Hekatomben!« Konnte es sein, daß mein Vater es nicht mehr wußte? »Die, die in den Straßen erschlagen wurden? Die, die sie in Kanäle stießen?« Ich faßte ihn und seinen Freund, die das alles vergessen hatten, scharf ins Auge. »Die im Ghetto? Die Frauen, mit ihren Kindern im Arm, in die Gruben gestoßen? Kalk drüber, und dann die nächste Schicht Menschen? Kurzsichtige, deren Brillen zerschlagen wurden, sie sahen ihr Ende wenigstens nicht.«

Mein Vater faßte nach der Kommode und hielt sich an ihr fest. Herr Berger stand bewegungslos.

»Die, die sie mit Stangen in Eislöcher stießen!« Ich ging zu meinem Vater hin; er schwitzte auch. »Die sie in die Duschräume trieben, und dann warfen sie das Gas zwischen ihre Beine! Die im elektrischen Zaun schmorten! Denen das Hirn herausoperiert wurde! Die beim Morgenappell vortreten mußten! Die vom Lagerkommandanten von der Terrasse aus abgeschossen wurden! Die am Abend Geige spielen mußten, deutsche Tänze, und am nächsten Morgen wurden sie ausgesondert!«

Ich war noch nicht fertig. »Und die, die verhungerten.« Ich war ganz und gar nicht fertig. »Im Eis erfroren, ohne Schuhe seit Wochen. Die sich ans Fahrgestell eines letzten Flugzeugs klammerten – darin die, die sie in den Tod getrieben hatten – und stürzten, wenn die Hände das kalte Metall nicht mehr halten konnten. Die auf Minen traten. Die als brennende Fackeln rannten. Andern drückte einer den Lauf einer Pistole an die Schläfe und drückte ab. Wenn die Tiefflieger kamen, diese Gaudi der Piloten, wenn die Menschen im Zickzack rannten. Das Grinsen der Mörder unter ihren Stahlhelmen, wenn die Kirchen zu brennen anfingen. Wie der Leutnant zwischen Lavendel und Disteln neben dem gefangenen Partisanen stand, eine Zigarette anzündete und wartete, bis sein Exekutionspeloton endlich soweit war. Die Augen der Hunde, wenn sie zubissen. Der weiße Atem der Gestapomänner, die im Morgengrauen an die Tür polterten. Ihr hättet Zigeuner sein können. Kranke. Schwache. Kluge. Tiere. Habt ihr sie vergessen?«

Jetzt war ich am Ende, jetzt. Ich setzte mich wieder auf den Hocker. Mein Vater ließ die Kommode los.

»Nein«, sagte er.

»Keinen.« Herr Berger sprach noch leiser als er. »Keine.«

Beide schwiegen.

»Die Begeisterung«, sagte Herr Berger endlich. Und mein Vater: »Wir haben uns so unvermutet getroffen.«

Ich nickte.

»Andrerseits«, sagte mein Vater, »hatten wir keine Zeit, sentimental zu sein.«

»Es half, wenn man nicht allzuviel spürte«, fügte Herr Berger an.

Ich ging zum Waschbecken und wusch mein Gesicht unterm Wasserhahn. Das Wasser floß auch über die Flasche. Ich schnaubte, rieb mich trocken und wandte mich wieder den beiden Alten zu. »Die Sicherungen sind mir durchgebrannt«, sagte ich, das Handtuch zusammenfaltend. »War ein anstrengender Tag heut. Die Kaugummis. Und daß du kommst, Papa.«

DAS GEWITTER hatte aufgehört, und es wurde immer dunkler. Endlich erkannten wir uns nur noch als schwarze Schattenrisse. Ich machte Licht. Herr Berger, geblendet, zwinkerte mit den Augen. »Jetzt bin ich dran, was, Kuno?« sagte er. Mein Vater setzte sich in den Ohrensessel, schlug die Beine übereinander und rieb sich die Hände.

Er war im Emmental zur Welt gekommen, Herr Berger. Seine Eltern führten eine unter eine Felsfluh geduckte Gastwirtschaft, deren Spezialität eine wagenradgroße Meringue war. In der Schule hielten der Lehrer und auch alle Schüler Herrn Berger für dumm, weil er klein war. »Im Emmental gelten die als klug, die schon bei ihrer Geburt wie Schwingerkönige aussehen.« Als er sechzehn war, kriegte er von einem Touristen einen Feldstecher. Das heißt, der Tourist, der eine der Meringuen gegessen hatte, vergaß ihn unter dem Tisch, und als er am nächsten Tag zurückkam und nachfragte, wußte Herr Berger, der allein im Lokal war, von nichts. Er war von dem vergrößernden Glas so fasziniert, daß er nur noch eins wollte: die ferne Welt so nahe wie möglich an sich heranholen. Alles Kleine groß machen. Er nahm den Feldstecher auseinander und brauchte mehrere Wochen, um ihn wieder zusammenzusetzen. Aber er wußte nun, wie er funktionierte. Beim ersten Test sah er – zum Anfassen nah, obwohl sie auf der fernen Straße ging – eine junge Frau. Blaß, hübsch. Sie stieg in einen Bus und verschwand.

Er machte eine Lehre in einer Fabrik in Langnau, die Lupen für Briefmarkensammler und Schutzgläser für Fahrradlampen herstellte, und übertraf seinen Lehrmeister bald so sehr, daß der Patron, ein Unternehmer der alten Schule, ihn zum Nachfolger seines Ausbilders machte. So war er mit neunzehn Jahren technischer Direktor. Der Patron regierte den Betrieb von seiner Villa aus, die, größer als alle Produktionsgebäude zusammen, mitten im Firmengelände stand. Während Herr Berger unbehaglich und doch auch euphorisch in einem der gewaltigen Sessel des Herrenzimmers saß, die erste Zigarre seines Lebens rauchte und die Vorschläge des Alten überdachte, ging die Tür auf, und eine junge Frau huschte herein. Natürlich war sie die, die er durch den Feldstecher gesehen hatte. Die Tochter! Sie geisterte im Zimmer herum, ohne etwas zu suchen oder zu wollen, ohne auch Herrn Berger anzusehen, und verschwand wieder. »Auf der Stelle nahm ich alle Vertragsbedingungen an.« Die liefen darauf hinaus, daß er mit seinem alten Lehrlingslohn und voller Haftung siebzig Stunden in der Woche arbeiten mußte. Das tat er dann auch und entwickelte eine kaum fingernagelgroße Linse, die so viel wie eine konventionelle Zehnzentimeter-Optik leistete. Die OGL – Optische Geräte Langnau; auch der neue Firmenname war auf Herrn Bergers Mist gewachsen – wurde ein Konkurrent von Zeiss und Voigtländer. Der Umsatz stieg und stieg, der Gewinn des Patrons auch, und eines Tages wurde Herr Berger wieder ins Herrenzimmer gerufen, kriegte seine zweite Zigarre und einen Vertrag, der ihn am Umsatz beteiligte, und er durfte die Tochter heiraten, die dann in so viele Schleier gehüllt neben ihm zum Altar schritt, daß er während der ganzen Zeremonie unsicher blieb, ob sich wirklich seine Braut oder überhaupt ein Frauenwesen unter all dem Tüll verbarg.

»Ich erinnere mich an sie«, sagte mein Vater. »Eine wunderschöne Frau. Ist sie gestorben?«

»So etwas wie«, antwortete Herr Berger.

Er trug sie auf Händen, brachte ihr Blumen und rauchte nicht in ihrer Gegenwart. Aber sie geisterte nur durchs Haus, stumm, genauso wie bei ihrer ersten Begegnung. Sie saß ganze Tage in einem zugedunkelten Zimmer und weinte, wurde erst mit kalten Bädern und endlich mit Elektroschocks behandelt, und als der Krieg ausbrach, war Herr Berger der Vater von zwei kleinen Söhnen und der unglücklichste Mensch auf Erden.

»Um das alles irgendwie auszuhalten, übernahm ich den Verkauf.« Da konnte er von zu Hause weg. Er reiste in ganz Deutschland herum. Überall wehten Fahnen mit Hakenkreuzen, die Züge waren voller Soldaten, und Herr Berger mußte ununterbrochen seine Ausweispapiere vorzeigen. Aber das machte ihm nicht viel aus, er war jung, alles war ein erregendes Abenteuer, und er hatte ein gutes Gewissen, um so mehr, als er Produkte im Angebot hatte, die sogar Staatsstellen interessierten. Sein Visum erlaubte ihm, ein- und auszureisen, wann und wie immer er wollte. »Politische Meinungen hatte ich keine.«

Eine Speziallinse vor allem, die Weiterentwicklung seiner allerersten Erfindung, erregte die Neugier seiner Kundschaft. Sie war zwar größer als die erste, aber immer noch vergleichsweise klein und extrem lichtstark. Immer häufiger fuhr er nach Berlin, ins Wehrwirtschafts- und Rüstungsamt. Immer ranghöhere Offiziere der Wehrmacht und bald auch der SS saßen um ihn herum, wenn er die Vorteile seiner Erfindung erläuterte. Er machte sich natürlich seine Gedanken und vermutete, daß sie die Linse in eine ihrer Waffen einbauen wollten. Der Krieg war noch in seinen Anfängen, und keiner, jedenfalls er nicht, dachte, daß er lange dauern und die halbe Erde in Schutt und Asche legen werde.

Für die Waffenbauer war Herrn Bergers Auftauchen ein Geschenk des Himmels. Sowohl die Kanonen der neuen Panzer als auch die Fliegerabwehrgeschütze kriegten mit seiner Zieloptik einen wesentlich höheren Wirkungsgrad. Als Herr Berger das merkte, tat er denn auch alles, um das Geschenk teuer zu machen, und trieb den Preis ziemlich unverschämt in die Höhe. Die SS – sie war inzwischen federführend, und ein General leitete die Verhandlungen – akzeptierte seine Bedingungen nach einer harten Verhandlungswoche, dies allerdings auch, weil die Schweizerische Industrie- und Handelskammer den Vertragsabschluß mit einem Kredit in der ungefähren Höhe des Auftragsvolumens und übrigens auch mit einer Defizitgarantie für die OGL unterstützte. Während dieser Zeit verbrachte Herr Berger alle seine freien Abende in der Gesellschaft von Offizieren, und sie gingen ihm ziemlich bald auf die Nerven, in erster Linie, weil sie mit ihm ein Deutsch sprachen, bei dem er stets das Gefühl hatte, daß sie sich insgeheim über ihn lustig machten. »Ich konnte einfach nicht glauben, daß sie im Ernst so sprachen. Als schlügen auch die Wörter ständig die Absätze gegeneinander.« Zudem verstand er ihre Witze nicht.

Bereits nach dem zweiten Abend, als er sich von den Offizieren verabschiedet hatte und beinah schon vor seinem Hotel stand – er hatte es inzwischen, auf Kosten der SS, zum Kempinski gebracht –, tauchte einer seiner Verhandlungspartner aus dem Dunkel einer Toreinfahrt auf und fragte, ob er ihn ein paar Schritte weit begleiten dürfe. Ja, natürlich. Er war der technische Berater des federführenden Generals, ein blonder Herrenmensch mit einem schnurgeraden Scheitel, der sich nur zu Fachfragen der Optik äußerte, dann aber kompetent. Preußischer Adel, tadellose Umgangsformen. Er plauderte, nichts Besonderes, und Herr Berger fand ihn nicht sehr sympathisch. Von nun an tauchte er nach jedem Gaststättenbesuch aus einer schwarzen Seitengasse auf, jedesmal aus einer andern. Jedesmal wurde er etwas deutlicher. Beim vierten Treffen ging Herrn Berger ein Licht auf. Der Offizier sah zwar wie das arische Ideal aus – und tatsächlich hatte auch dies, nicht nur seine technische Kompetenz, Hitler bewogen, ihn zu sich ins Hauptquartier zu befehlen –, lehnte aber die Politik der Nationalsozialisten ab. Er befürchtete Entsetzliches für die Zukunft. »Meinen Sie wirklich?«sagte Herr Berger. Ja, er möge das Händerecken auch nicht, dieses Brüllen auf den Straßen, und wie Hitler im Rundfunk schreie. »›Ich weiß nicht, ob Sie das Emmental kennen‹, sagte ich tatsächlich zu ihm. ›Da hätte einer, der wie Hitler redet, keine Chance.‹«

In der letzten Nacht – Herr Berger hatte den Vertrag unter Dach und Fach und wollte am nächsten Morgen abreisen – blieb der Junker unvermittelt im Schatten einer Ulme stehen, hielt, gegen alle Sitten und Gebräuche seiner Klasse, Herrn Berger am Jackenärmel fest und flüsterte, er, Herr Berger, müsse gleich nach seiner Heimkehr in die Schweiz mit den politischen Behörden Kontakt aufnehmen. Die müßten die Betroffenen warnen. Die Wehrmacht werde am neunten April Dänemark und Norwegen angreifen.

»Ich sah ihn mit solchen Augen an! Es war der erste April 1940, und ich überlegte mir eine kleine Sekunde lang, ob mich mein seltsamer Freund auf den Arm nehmen wollte. Aber dem war nicht ums Scherzen. ›Haben Sie mich verstanden?‹ flüsterte er fast schreiend. – ›Ja.‹ – ›Heil Hitler!‹ sagte er und verschwand in der Nacht.«

»Die Macht der Gewohnheit«, sagte mein Vater. »Wir sagen auch Grüß Gott.«

»Ich dachte«, antwortete Herr Berger, »er wolle damit seine Kühnheit ungeschehen machen.«

Jedenfalls, Herr Berger reiste in die Schweiz zurück und gab die Botschaft einem Beamten der Politischen Polizei weiter, der ihn bei seiner Einreise im Badischen Bahnhof von Basel routinemäßig verhörte. Er war ein plumper Mann, der an einem schlecht brennenden Stumpen saugte. Er schrieb die weltpolitische Sensation ungerührt in eine Fiche mit genormten Fragen. – Am neunten April besetzte die Wehrmacht Dänemark und versuchte dasselbe mit Norwegen. Am vierzehnten, um halb sieben Uhr früh, klingelte es bei Herrn Berger Sturm. Ein ebenfalls Stumpen rauchender, ebenfalls plumper, nur wesentlich kleinerer Mann, der sich als Polizeibeamter auswies, lud ihn in einen feldgrauen Chevrolet. Sie fuhren ein, zwei Stunden lang und landeten – nicht in Zürich, dessen war sich Herr Berger sicher; aber wo dann? – in einem winzigen, fast unmöblierten Büro, in dem ein junger Mann saß, der die Einreisefiche Herrn Bergers in der Hand hielt. »Und das war Ihr Herr Vater.«

»Dachte ich mir«, sagte ich von meinem Hocker aus.

Die Fiche war eine Woche lang im Grenzbüro liegengeblieben, zusammen mit vielen anderen Routine-Befragungen, die alle den roten Kringel am oberen Blattrand trugen, der »Nichts Besonderes« bedeutete. Mein Vater hatte die Fichen trotzdem überflogen und die brisante Nachricht gelesen. Er fiel fast vom Stuhl. Da hatte jemand das gewußt, was nicht nur ihm, sondern, allem Anschein nach, auch allen andern Geheimdiensten entgangen war.

Die beiden sprachen mehr als eine Stunde lang miteinander. Danach war Herr Berger bereit, Teil einer Nachrichtenlinie zu werden, die sie probeweise

»Wiking« nannten. Das kam daher, daß Herr Berger seinen Gewährsmann, von dem er noch nicht wußte, wie er an so geheime Informationen herankam, als einen nordischen Recken beschrieben hatte.

»Ich fuhr nach Berlin und nahm Kontakt mit ihm auf«, sagte mein Vater, zu mir gewandt. »Er war einverstanden. Den ganzen Krieg über wußten nur er und Fritz und ich, wer Wiking wirklich war. Sogar meinem Chef nannte ich die Namen nicht.«

»Sonst wäre ich tot.« Herr Berger stand jetzt am Fenster und sah in den Himmel hinauf, an dem wieder die Sterne glänzten. »Er hatte eine gefährliche Neigung, seinem deutschen Amtskollegen zeigen zu wollen, wie gut er Bescheid wußte. Im März dreiundvierzig wurden der Junker und ich verhaftet. Die Gestapo verhörte uns.«

»Wie sind Sie wieder freigekommen?« rief ich.

»Keine Beweise. Und Hilfe von außen.« Herr Berger ließ von seinen Sternen ab und kam ins Zimmer zurück. »Wetten, daß Sie nicht draufkommen, wer das war?«

»Aber sicher. Eine Flasche Kalterersee. – Mein Vater?« Und zu diesem gewandt: »Du?«

Mein Vater schüttelte den Kopf.

»Her mit der Flasche!« Herr Berger lachte, als sei ihm ein besonders guter Witz gelungen. Ich ging zum Waschbecken und gab sie ihm.

IN DIESEM AUGENBLICK trat Schwester Anne ins Zimmer. Sie hatte mehrere Knöpfe ihrer weißen Schürze vorn aufgeknöpft – es war Arbeitsschluß, und sie fühlte sich allein im Haus –, so daß wir ihr lachsfarbenes Unterkleid sahen. Sie musterte uns mit einem düsteren Blick. Dann aber ging sie, plötzlich strahlend und mit ausgestreckter Grußhand, zu meinem Vater hin und sagte: »Sie sind Herr Lüscher! Willkommen!«

Mein Vater sprang vom Sessel hoch, schüttelte die Hand und stammelte etwas, was ich nicht verstand. Schwester Anne wohl auch nicht, denn sie nickte, sagte aber nichts. Mein Vater, rot geworden, verhaspelte sich endgültig und schwieg. Herr Berger blickte Schwester Anne so innig an, daß diese, während mein Vater ihre eine Hand nicht losließ, mit der andern die Schürze zuzuknöpfen begann. Ihre Füße steckten in Zoccoli. Die Zehennägel waren rot bemalt.

»Sind wir denn nicht müde?« sagte sie, als sie die Hand frei und die Schürze zu hatte. »Lichterlöschen war vor einer halben Stunde.«

Sie machte rechtsumkehrt, streifte mich mit einem Blick – er war klar und hart und hieß, ich solle hier Ordnung schaffen, und zwar subito – und ging. Wir lauschten dem Geklapper ihrer Holzpantinen, bis sie irgendwo in der Stille des Angestelltentrakts verschwanden. Erst jetzt rührten wir uns. Ich ging auf und ab und atmete zischend. Herr Berger legte den Kopf in den Nacken und bewegte ihn hin und her. Mein Vater machte eine Art tiefe Kniebeuge und fand, während er wieder hochkam, als erster seine Worte wieder. »Morgen frage ich sie«, sagte er, »ob sie mir ihre Liebe schenkt. Bin mal gespannt, was sie mir antwortet.«

Herr Berger und ich wechselten Blicke.

»Ich denke, du hast Cindy«, sagte ich.

»Wieso sollte sie so was sagen?« Mein Vater sah mich forschend an. »Das weiß sie doch gar nicht.«

»Das sagt sie jedem«, sagte Herr Berger. Er schüttelte noch einmal den in den Nacken gelegten Kopf, so daß alle Wirbel knackten.

Mein Vater tippte sich mit dem Zeigefinger gegen die Stirn und trat vor den Spiegel. Er massierte die Schläfen, rieb sich mit beiden Händen über die Bartstoppeln, bleckte die Zähne – gelbe Stopfen – und fuhr mit der Zunge über sie. Er beugte sich vor und starrte seine Nasenspitze an.

»Wenn wir schon davon reden.« Herr Berger kehrte meinem Vater den Rücken zu. Wahrscheinlich ertrug er sein grimassierendes Spiegelbild nicht mehr und hielt sich lieber an mich. »Die Gestapo hatte ein Foto von Ihnen.«

»Von mir??«

»Amateurschnappschuß, sechs mal neun Zentimeter. Sie sind etwa vier Jahre alt und stehen vor Tomatenstauden. Ihre Mutter hält Sie an der Hand. Neben ihr steht ein Mann mit einer Gärtnerschürze, der eine Gießkanne in der Hand hält.«

»Herr Harder! Wieso hatte die Gestapo ein Foto von uns?«

»Die Herren, die mich verhörten, waren der Meinung, der Mann neben Ihrer Mama sei er.« Er deutete mit dem Daumen über seine Achsel. »Ich habe den Irrtum nicht aufgeklärt.«

Mein Vater zupfte mit einer Pinzette ein Haar aus einem Nasenloch. »Das Foto habe ich gemacht«, sagte er näselnd. »Im Frühling 1942. Jemand hat es aus dem Album gerissen, das im Wohnzimmer im Bücherregal stand. Niemand konnte da hin, niemand. Der Hund hätte ihn zerfetzt.« Er fuhr mit der Bürste über die drei Haare, die ihm geblieben waren, und fragte, immer noch in den Spiegel hineinsprechend: »Sag mal, Fritz. Ehrlich jetzt. Habe ich so eine Chance bei ihr?«

Herr Berger ging zum Schuhputzkasten, nahm die Büchse mit der schwarzen Wichse heraus und legte sie vor meinen Vater hin. »Schmier dir das ins Gesicht«, sagte er. »Dann vielleicht.«

»**IM FRÜHSOMMER 1941**«, sagte Herr Berger, »war ich in Zürich.« Wir saßen jetzt alle, er auf dem Bett, mein Vater erneut im Ohrensessel und ich auf dem Hocker. »Ich war von Leuten, die ich nicht kannte, zu einem Gartenfest eingeladen worden. Ich hatte keine Lust hinzugehen. Weiß Gott, lieber wäre ich im See geschwommen oder allein im ›Bauschänzli‹ gehockt. Aber ich verdankte die Einladung einem hohen Tier von der Berliner SA, der meine untadelige nationalsozialistische Gesinnung schätzte, just auch in Zürich war und ebenfalls diesen, wie er ihn nannte, Herzort des schweizerischen Nationalsozialismus aufsuchen wollte. Zudem, wer konnte wissen, ob ich nicht etwas Interessantes erfuhr.«

Mitternacht war längst vorüber. Es war still geworden; keine Straßenbahnen mehr, kaum je ein Auto. Sogar das Käuzchen, das irgendwo in den Bäumen vor dem Heim hauste, lauerte stumm auf seine Mäuse. Herr Berger hatte seinen Wettgewinn geopfert und jedem ein Glas mit Wein vollgeschenkt. Erst jetzt, nach dem ersten Schluck, bedauerte ich wirklich, daß er keinen Meursault mitgebracht hatte. Mein Vater, der das Trinken nicht mehr gewohnt war, gähnte. Hie und da fielen ihm die Augen zu. Er kannte die Geschichte. Herr Berger erzählte sie *mir*.

»Und ob ich etwas Interessantes erfuhr! Die Adresse war in Witikon. Es war ein sonnenglühender Sonntag, und ich stand in einem Garten voller Magnolienbäume und plauderte mit Damen, die schwingende Röcke und Hüte wie Wagenräder trugen. Viele Offiziere der Schweizer Armee. Sogar der Kommandant einer Grenzbrigade war da. Ich trug einen geliehenen Smoking. Nicht nur mein Bekannter, der steif wie immer und mit seinem Monokel im linken Auge übers Gras stolzierte und den Weg zum Endsieg erläuterte, auch andere Gäste waren aus Berlin angereist. Sie wurden wie Götter umlagert, die der Welt der Sterblichen einen Besuch abstatteten. Sie sprachen stählern, während wir Bauerntölpel knurrten und grunzten, auch wenn das, was wir sagten, das neue Denken genauso feierte. Auch ich sagte etwas über die Unreinheit des Blutes der Emmentaler. Der Hausherr wieselte von einer Gruppe zur andern, vor Begeisterung schwitzend, und die Dame des Hauses schwebte lächelnd über den Rasen, brachte versiegende Gespräche mit einem Scherzwort wieder in Gang oder heiterte Gäste, die für einen Augenblick verstummt waren, mit einem Zuruf auf. Anselm und Aline. Ein Butler bot Getränke an. Es wurde ein Firmenjubiläum oder ein Sieg der Wehrmacht gefeiert. Vielleicht beides. Anselm hielt jedenfalls eine Ansprache, in der Rommels Triumphe in der nordafrikanischen Wüste und die seines Biers unentwirrbar vermischt waren.« Herr Berger wandte sich meinem Vater zu. »Du – «, sagte er. Aber mein Vater hatte die Augen geschlossen. Also kehrte er zu mir zurück. »Ich fiel fast in Ohnmacht, als ich in den Nachbarsgarten hinübersah. Da stand Kuno in dreckigen Arbeitshosen und band Bohnen hoch. Neben ihm kniete eine Frau in einem Zwiebelbeet.«

»Daß jemand meinen Vater umbringen will«, murmelte ich. »Das kann ich verstehen. Aber meine Mutter?«

»Sie war meine nächste Mitarbeiterin im Dienst.« Mein Vater schlief keineswegs. »Sie brachte das Material in die britische Botschaft. Sie saß am Fernschreiber. Mehr als oft schlief sie neben ihm. Sie las codierte Meldungen so schnell wie uncodierte. Harry Harder hätte sie schützen sollen.« Er setzte sich aufrecht und öffnete die Lider. »Sie kannte keine Angst. Das heißt, sie starb tausend Tode und behielt es für sich. Ich liebte sie. Sie war hübsch. Wir hatten die Kinder. Wir schnitzten Spielzeuge. Wir stiegen auf Berge. Wir lagen in Anemonen. Wir waren glücklich. Es war verrückt von uns, am Wald oben zu wohnen. Aber es war unser Haus. Unser Garten. Alles ging gut. Alles ging so lange gut, daß ich die Gefahr für sie vergaß. Auch Harry Harder begann zu glauben, er sei wirklich ein Gärtner, und sprach den ganzen Tag von der Zwiebelernte.«

»Ich habe dich gewarnt«, sagte Herr Berger. »Sag mir nicht, ich hätte dich nicht gewarnt.«

Für ein paar Augenblicke kriegte mein Vater jene Augen, die ich schon einmal an ihm gesehen hatte. Graue Steine. »Harry und der Hund«, fügte er an. »Sie hätten die Gefahr merken müssen.« Er lehnte sich wieder zurück und verbarg sein Gesicht in den Händen. Er murmelte etwas zwischen seinen Fingern hindurch. »Sie war mein ein und alles.«

»Und meins erst«, sagte ich.

HERR BERGER war später noch zweimal Gast im Hause Schmirhahn. Einmal an einem Geburtstag des Führers, an dem zwei Zwillingsschwestern im Chor ein rhythmisch fragwürdiges Gedicht vortrugen, dessen Schlußzeilen Herrn Berger nicht mehr aus dem Kopf wollten. »Der Siegeszug von unserm Führer fand sein Vorbild in Caesar früher.« Das zweite Mal war just jenes Hauskonzert, an dem Willys Vater zum ersten und letzten Mal sein Soloprogramm spielte. »Er war voller Kirschenblüten. Seltsam. Hinter ihm, an einem schwarzen Fenster, drückten sich zwei kleine Jungen die Nasen platt.«

»Eigentlich waren die unsichtbar«, sagte ich. »Indianer auf dem Kriegspfad.«

»Mein Bekannter von der SA war auch wieder da und fragte Anselm ohne jede Scham, ob er in der Schweiz bleiben könne. Bei ihm auf dem Estrich oder so. Deutschland stürze in den Abgrund. Anselm begann, statt zu antworten, unvermittelt mit dem Gast zu plaudern, der am nächsten stand. Das war der Künstler. Er floh mit ihm in den Garten.«

Ich lachte. Ich erinnerte mich genau. Wie die beiden Männer zwischen den schwarzen Büschen gegangen waren, gesichtslose Umrisse. Ich stieß meinen Vater an, der jetzt auch den Mund offen hatte, schnarchend atmete und tatsächlich einzuschlafen schien. »Ist dir klar«, sagte ich, »daß Aline mit Willys Vater ein Verhältnis hatte?«

»Da verwechselst du was«, antwortete mein Vater, ohne mit dem Einschlafen aufzuhören. »Mit Willy hatte sie eins. Mit dem jungen, nicht mit dem alten.«

»Diese greise Schachtel? Mit meinem Willy?«

»Aber wie!« Mein Vater gähnte. »Einmal hatte ich bis spät in die Nacht die neusten Informationen für Wiking in die Börsenkurse hineincodiert, die am nächsten Morgen mit der normalen Geschäftspost seiner Firma nach Berlin geschickt wurden. Als ich dann nach Hause kam und den Schmirhahnschen Garten entlangging, hörte ich ein Kichern. Ein Mann, eine Frau. Ich schaute über die Hecke. Sie kamen gerade unterm Tulpenbaum hervorgekrochen. Aline suchte ihre Schuhe, die weit auseinander im Gras lagen, und Willys Hintern glänzte im Mondlicht, während er die Hosen hochzog.«

»Der Sausack!« rief ich.

»Hast du das nicht gewußt? Du warst doch sein bester Freund. Er hat damals jede flachgelegt.«

»Jede?«

Mein Vater griff in die Jackentasche. »Hier«, sagte er und gab mir einen schrumpeligen Fetzen Papier. »Ich hab's an mich genommen, als der Untersuchungsrichter die Akte schloß.« Er gähnte erneut, während ich in allen Taschen nach meiner Brille suchte. »Gehörte ja mir.« Das Foto! Es hatte tausend feine Risse. Tatsächlich stand meine Mutter, in ein Dutzend Puzzleteile zerbrochen, zwischen mir und Herrn Harder, dessen Kopf kaum mehr erkennbar war. Auch ich war beschädigt. Verblaßt. Ich trug jene Hosen aus rotweiß kariertem Tischtuchstoff, die ich so sehr gehaßt hatte. Auch der Hund war auf dem Bild, Ero. Schaute treuherzig.

»Zwei Schüsse«, sagte mein Vater nach einer Weile.

»Willys Mutter hatte sie gehört und die Polizei gerufen. Anselm Schmirhahn war außer sich, als wir in seinem Gästezimmer ein Gewehr mit einem Zielfernrohr, zwei leere Patronenhülsen und das Foto fanden. Nein! Nein! Das konnte nicht sein! Er sei ein Anhänger des Neuen, aber Mord, Gewalt, das nie! Er habe seinen Gast nicht gekannt, er sei ihm von einem Geschäftsfreund, einem Brauer aus Siegen, ans Herz gelegt worden. Er habe ihm das Gästezimmer überhaupt nur angeboten, weil in den Hotels der Stadt alle Zimmer voll gewesen seien. Jede Besenkammer vermietet.«

Er streckte seine Hand aus, und ich gab ihm das Foto zurück. Steckte meine Brille wieder ein.

»Jede?!« sagte ich. »Wirklich jede?«

Mein Vater nickte.

ÜBER DIE GROSSEN STÄDTE *des Kongo, sage ich euch, haben die Herrscher der Urwälder keine Macht. Ihre Befehle, die in ihrer Welt sicheren Tod bringen, erreichen die Menschen in den Städten nicht, die, taub für die Stimmen alter Geister, in Abfallbergen wühlen, ein Essen zu finden, und aus Tümpeln trinken, die die Notdurft derer sind, die weiter oben wohnen. In den Städten kennen sich die Herrschergötter nicht aus. Sie wagen sich allenfalls einmal im Leben in sie hinein, ohne ihre Schreckmasken dann, ohne das ganze Monsterbrimborium, klein, nackt, von Mücken zerstochen nach einem tagelangen Marsch durch den Dschungel, nach einer wochenlangen Fahrt den Fluß hinab. Die Maske, die sie nun tragen, ist ihre Unscheinbarkeit. Die Würdenträger sind mit ihnen, aber auch sie tragen keine Federbüsche, die ihren Rang zeigten, denn sie fürchten, daß die in der Stadt sich ihrer erinnern. Im Gänsemarsch gehen sie durch die Straßen, ohne Stadtplan und panisch um sich lugend. Sie nehmen den Herrscher in ihre Mitte, um ihn vor Verehrung, Haß und Wut zu schützen. Aber es gibt keine Verehrung in den Städten, auch keine Wut, die sie träfe. Niemand achtet auf die Waldmenschen. Solche wie sie kommen jeden Tag zu Tausenden an. Der Herrscher könnte verhungern, es sähe ihn niemand, es hülfe ihm keiner, und mancher Herrscher* ist *auf seinem Stadtbummel verhungert, mitsamt dem Hofstaat, denn die Zahlungsmittel, mit denen er sich ausgerüstet hatte – Gold, Edelsteine, Kupferdraht –, waren nicht die der Stadt, in der das Gesetz des Dschungels herrscht; beziehungsweise eben nicht. Hier brauchst du deine Visa-Card, um dein Essen zu bezahlen. Gute Dollars, eine Handvoll Zaires, einige Makutas wenigstens, oder ein paar Sengis, obwohl diese so viel wert sind wie der Wind.*

Die Herrscher wollen alle einen Sexshop besuchen, ein McDonald's, einen Spielsalon voller Slot-machines *und vor allem ein Kino. So oft haben sie davon gehört. Kein Treffen der Mächtigen Geister, da nicht einer – wenn das Ringen um die Macht vorüber war und sie, immerhin noch am Leben, die Maske abtaten – von dem Haus in der großen Stadt erzählte, in dem die Dinge laufen können. Ich sage es, weil ich es weiß. Und so machen sich der Löwengleiche und sein Hofstaat auf die Suche nach dem glanzvollsten Kino am Prunkboulevard – begnügen sich allerdings meist, weil sie sich im Straßengewirr verheddern, mit einem Vorstadtschuppen – und sitzen, falls die Frau an der Kasse ihr Gold und Geschmeide akzeptiert hat, alle nebeneinander in der ersten Reihe und starren immer aufgeregter, immer aufgebrachter auf die Leinwand. Sie stoßen kleine Schreie aus und rufen denen auf der Leinwand Warnungen zu. Spätestens wenn, falls sie in einen Western hineingeraten sind, die Indianer hinter ihren weißen Felsen auftauchen, springen sie von ihren Sesseln auf, toben wie besessen im Kino herum, kreischen und heulen, denn sie wollen die Angreifenden mit den Kampftechniken vertreiben, die ihnen vertraut sind. Daß sie scheitern, erklären sie sich damit, daß sie ihre Masken nicht dabeihaben, und auch, weil die Polizei kommt und sie abführt. Kaum ein Herrscherbesuch, der nicht im Gefängnis endete. Dort stehen sie dann, die Hände an die Gitterstäbe gekrallt, im Gelächter der Mithäftlinge und brüllen, daß sie Könige seien, Wesire, Marschälle. Völlig ausgelaugt, maßlos erschöpft kommen sie in die Dschungelheimat zurück. Immerhin, kein Usurpator hat sich auf ihren Thron gesetzt. Auch darum haben sie den ganzen Hofstaat mitgenommen. – Nie mehr werden sie ihre Wälder verlassen, in denen sie der Herr sind, die Meister, die allmächtigen Herrscher, auch wenn ihnen hier nur allzu oft eine Klinge in den Hals oder ein Schwert in die Gedärme gestoßen wird, vom treusten Freund oder vom liebsten Sohn, ja, aber das kennen sie, es ist ihre Welt.*

In Kinshasa, in Kisangani drängen sich die, die die Wälder verlassen haben und nie mehr zurück können. Die vor den Freßmäuligen geflohen sind, bevor sie ihnen die Hände abhackten oder sie in Fässer voller Skorpione tunkten. Zu Beginn erinnern sich die Geflüchteten an die Fratzen der Häscher, an ihre Laubhütte, an Frau und Kind, aber bald, rasend schnell, verwirren sich die Bilder in ihren Köpfen. Was war, was war nicht? Da noch ein Fitzelchen, dort ein Fetzelchen. Aus. Sie haben nichts mehr. Kein Dach überm Kopf, kein Essen, keinen Freund, keine Ahnen. Keine Geister. Keinen Herrscher. – Nur einen Fernseher haben sie, den ja. Alle haben einen Fernseher, ausnahmslos. Geh zwischen den Hütten, von denen du nicht weißt, ob sie noch aufrecht stehen oder just nicht mehr, ob sie eben aufgebaut oder gerade abgerissen wurden, ob sie bewohnt oder verlassen, ob sie überhaupt Hütten oder zufälliger Schutt sind: überall das Blitzen der Bildschirme. Ein blaues Gewitter. Krächzende Dialoge von allen Seiten. Es gibt nur einen Sender. Die Menschen drängeln sich vor den Fernsehapparaten. Sie blicken gebannt auf die Löwenherrscher – alle Sendungen im Kongo handeln von ihnen –, vor denen sie geflohen sind, weil sie Vater und Mutter mordeten. Betend knien sie vor dem Bildschirm, den auszuschalten sie nicht den Mut haben. Natürlich sind es von Filmschaffenden erfundene Dschungelkönige, mit von Maskenbildnern modellierten Monstergesichtern, in Wäldern und Lichtungen, die in Studios nachgebaut wurden. Alles ist ziemlich nachlässig und lieblos gemacht. Die Betenden würden allerdings auch besser gefälschte Herrscher für wirklich halten. Da niemand, auch kein Studio-Boß, je einen Löwengott in seiner unvorstellbaren Macht gesehen hat – ein Studio-Boß wäre für ihn ein Fliegendreck auf dem Fingernagel –, sind die Bilder, die sich der Fernsehapparat von seiner Herrlichkeit macht, so lächerlich, so grotesk, daß die Walddämonen selber, wenn sie verschüchtert durch die Straßen schleichen und durch Luken oder Fenster auf die Bildschirme schielen, sich nicht erkennen. Nie denken sie, daß sie mit diesen hüpfenden Kobolden gemeint sein könnten, die sie dennoch verwirren, denn wie ist es möglich, daß Menschenwesen in einem so kleinen Kasten sind? Ganze Wälder?

Weil es nichts Wirkliches in den Städten gibt – ich weiß es, ich sage es euch –, wird das Unwirkliche wirklich. Es müssen nur genügend Menschen vom gleichen träumen, das gleiche fürchten, vom gleichen sprechen, dann ist es nur allzu bald so wirklich, wie es die Herrscher in der Waldzeit waren. Sturzfluten aus völlig aus der Luft Gegriffenem fegen über die Städte hinweg und sind am gleichen Abend noch Gewißheit. An den Tischen unter den Palmenblätterdächern der Kneipen, beim Anstehen für Wasser, an den überfüllten Bus geklammert, bereden die Menschen erregt die neue Tatsache. Kei-

ner, der, kaum hat er davon gehört, nicht vom heutigen Wahn überzeugt ist, der den von gestern ersetzt. Sag einem, aber nein, der Mond wird heute abend nicht den Grand Boulevard hinunterrollen, er hält dich für einen Irren, auch am nächsten Tag noch, wenn kein Mond gekommen ist. Er weiß, warum, nämlich, der Mond hatte ein Familientreffen und hat sein Erscheinen auf nächsten Sonntag verschoben. Oft ist der gemeinsame Wahnsinn harmlos, lustig eigentlich, etwa wenn alle zusammen sicher sind, daß sie den Hauptgewinn der Lotterie gewinnen. Achteinhalb Millionen Zaïres, auch wenn sie kein Los gekauft haben, wenn es keine Lotteriegesellschaft gibt und kein Geld, das ausbezahlt werden könnte. Macht nichts, ein paar Biere drüber. Immer ist Bier im Spiel, das sage ich euch. Bier ist das einzig Wirkliche in diesem Wirbel der Unwirklichkeiten. Immer fließt Bier mit dem Wahnsinn mit, oder dieser im Bier.

Schnell kann es um Leben und Tod gehen. Zum Beispiel schon, wenn alle im selben Augenblick erfahren haben, daß es am andern Stadtende Thunfischkonserven gibt, Levi's-Jeans, ja sogar gratis Kühlschränke und Autos zur freien Benutzung, so daß die gesamte Bevölkerung, alle von ihren Stadträndern her, die Stadt durchquert, zum andern Stadtrand hin, Blechnäpfe über dem Kopf haltend, mit Karren und Säcken, schreiend und schiebend. Oh, da wird natürlich der eine oder andere totgetrampelt. – Bier, Bier! Kein Mensch weiß, wo die Menschen immer wieder die paar Sengis hernehmen, die ein Napf Bier kostet. Dafür haben sie immer Geld, auch wenn sich zu Hause Todkranke im eigenen Kot wälzen. – Oder wenn plötzlich alle wissen – außer die Betroffenen, die es früh genug erfahren, zu spät, und den Wahn oft selber glauben –, daß die vom Stamme der N'gromis die schrecklichen Durchfallerkrankungen verschulden, an denen so viele sterben. Daß man sie niedermetzeln muß, auf daß es allen wieder gutgehe. – Am Vorabend hatte noch niemand davon gesprochen. Da beredeten noch alle, daß ein Geschwader der UNO Videogeräte und Ersatzreifen für Mofas abwerfen werde. – Überall liegen dann in Blutlachen Kinder und Frauen und Männer, auf den Trottoirs, in Ananaskörben, in den Vorortsbahnen. Ein Lokomotivführer gehört dem schuldigen Stamm an und wird in voller Fahrt erschlagen, und der Zug zertrümmert den Endbahnhof und tötet siebenhundert Wartende. – Bier, nun braucht es sehr viel Bier. –

Die Menschen feiern die ganze Nacht über, daß die Cholera besiegt ist, und manche kaufen schon einmal ein Mofa und einen Videofilm, wenn doch die Reifen und das Abspielgerät vom Himmel geflogen kommen.

Ein *Wahn ist der schrecklichste. Noch überfällt er die Bewohner der Städte nur selten, obwohl besonnene Beobachter feststellen, daß auch dieser Wahnsinn häufiger wird und, einmal ausgebrochen, immer schrecklichere Folgen zeitigt. – Allerdings gibt es in den Städten des Kongo keine besonnenen Beobachter. – Niemand weiß, wie es dazu kommt, aber plötzlich stürzen alle aus ihren Behausungen, zum Fluß hinab, die Hügel hinauf, weil sie wissen, wissen!, daß die Löwenköpfigen aus ihren Fernsehern steigen werden. Daß sie bereits draußen sind. Viele haben schon einen gesehen, wie er herrisch den Boulevard herunterkam, Tod und Verderben säend. Sie beschreiben schreckensbleich seine Maske. Turmhoch ist der Putz des Monsters! Gleich werden sie um die Ecke biegen, die Mörderherrscher aus dem Wald, Rache zu nehmen, furchtbare Rache, alle zu bestrafen für ihre unbotmäßige Flucht. – Es kann sein, daß ein wirklicher Herrscher, der zufällig gerade auf seinem Schleichgang durch die Pornokinos ist und von seinem eigenen Kommen hört, insgeheim die Möglichkeit erwägt, es tatsächlich zu tun, nicht in seinem armseligen Lendenschurz natürlich, sondern in vollem Zierat, unter der Schreckmaske und mit der Löwenmähne, die sogar seinesgleichen erzittern lassen. Ich weiß, ich sage es hier, daß in der Tat – es ist nicht lange her – einer die Gunst der Stunde nutzen wollte und im Triumphmarsch durch die Stadttore schritt, die vierspurige Autobahn entlang, die vom Flughafen herkommt, mit allen Dämonen und Würdenträgern, dem Hoforchester, dem Scharfrichter, den Fahnen, den Frauen, dem Staatsschatz, den Krokodilen, und als die Stadtbewohner seiner ansichtig wurden, erkannten sie auf der Stelle, daß der Maskierte an der Spitze dieses seltsamen Umzugs den Mordherrschern im Fernsehen nicht im geringsten glich. Daß er ein Fälscher und unwirklich war. Sie schlugen ihn tot. Mit ihm alle seine Krieger, obwohl die tanzten wie immer und ihr Gebrüll ausstießen, das noch nie unwirksam gewesen war. Nur von den Frauen entkamen ein paar, und alle Krokodile. Noch einige Wochen lang krochen sie an der Flughafenstraße entlang, bis auch das letzte abgeschossen und verspiesen war.*

Die Untertanen warteten auf die Rückkehr des Königs. Nur Gerüchte erreichten sie von seinem Schicksal – daß alle tot seien –, die sie nach der Art der Waldbewohner nicht glaubten. Sie wußten, was sie sahen, und sie sahen, was sie wußten. Sie wagten nicht, einen neuen Herrscher zu wählen, auch als der alte sehr lange ausblieb. Wenn er doch noch käme! So ist dieser Stamm der einzige im ganzen Kongo, der kein Oberhaupt hat. Die völligste Anarchie herrscht in ihm. Jeder tut, was er will, und natürlich ist das nicht immer das Klügste. Aber keiner will herrschen und keiner will in die Stadt. Keiner allerdings auch wagt sich in den Palast des Königs, der sich, obwohl er vierhundert Höflingen Platz bot, winzig unter die Baumriesen des Dschungels duckt. Nur die Kinder rennen durch die Säle. Sitzen auf dem Thron und schrecken sich vor den Mäusen und Ratten.

»**JETZT ERZÄHLE** ich Ihnen«, sagte Herr Berger, »von meinem Besuch bei Hitler. Kuno kennt die Geschichte.«

Mein Vater schlief. Sein Kopf hing nach vorn, seine Kinnlade nach unten, und sein Atem rasselte.

»Sie haben Hitler gekannt?« rief ich.

»Und Eva Braun.«

»Ich habe Sie wirklich unterschätzt, Herr Berger.«

»Ihren Papa haben Sie auch unterschätzt«, sagte dieser. »Und sich. Scheint eine Angewohnheit von Ihnen zu sein. Hitler lud mich in den Berghof ein. April 1941. Rommels Panzerkanonen schossen Nordafrika in Stücke, mit Hilfe meiner Zieloptik. Ich war jemand. Der Junker kam mit. Er war ja Hitlers Optik-Spezialist. Er trug seine Sonntagsuniform. Ich meinen besten Anzug.«

»Ich kann's kaum glauben.«

»In jenem Adlerhorst hoch über Berchtesgaden also. Ein Raum mit Panoramafenstern, durch die wir auf schneeglitzernde Berge sahen. Im Tal unten weißer Dunst. Finken balgten sich auf dem Fensterbrett um Brotkrümel. Im Zimmer, einem Saal eher, Teppiche, schwere Lampen, eine Polstergruppe. Bilder, die Berge zeigten. Wir standen steif. Warteten. Wenn das alles eine Falle war?

Nach etwa einer halben Stunde ging eine Tür auf, und Adolf Hitler trat ein. Er trug eine Lodenjacke und eine Lederhose und kam mit energischen Schritten auf uns zu. Neben ihm sein Hund, eine seiner Schäferhündinnen. Blondi oder Bella. Hinter den beiden ging ein Hüne, der Hitler um Haupteslänge überragte. Der Junker hatte Haltung angenommen und den rechten Arm in die Höhe gerissen, und ich, der Zivilist, hielt die Hände an die Hosennähte.

›Was für ein Tag!‹ sagte Hitler und wies auf die Sonne, die vor dem Fenster leuchtete. ›Rommel treibt die Engländer wie Hasen vor sich her. Tobruk ist eingeschlossen.‹ Er rieb sich die Hände. ›In einer Woche sind die Pyramiden unser.‹

›Glückwünsche, mein Führer‹, sagte der Junker. ›Erlaube mir anzumerken, daß der Kriegsverlauf genau so ist, wie Sie ihn vorausgesagt haben.‹

›Mein lieber Oberleutnant‹, sagte Hitler. ›Tun Sie nicht immer so preußisch. Ich möchte wetten, daß unser junger Freund aus der Schweiz‹ – er wandte sich mir zu – ›nicht so zickig wie Sie spricht. Stimmt's oder habe ich recht?‹

Weil mir keine Antwort einfiel, verbeugte ich mich. Der Führer stieß ein Geräusch aus. Ein Lachen vielleicht? ›Tee?‹ sagte er und ging zur Polstergruppe hinüber. ›Wasser?‹ Er setzte sich aufs Sofa und wies auf die Sessel. Wir setzten uns. Der Hund lagerte sich neben seinen Meister. Der Offizier hatte unsre Antwort nicht abgewartet und eine Flasche Mineralwasser hingestellt. Er goß uns ein. Hitler nahm sein Glas und trank es leer.

›Bemerkenswert, Ihre Zieloptik‹, sagte er dann zu mir. ›Äußerst interessant, junger Mann.‹

›Meine Firma ist dankbar‹, sagte ich, ›daß sie die Wehrmacht unterstützen darf.‹

›Was habe ich gesagt, Oberleutnant?‹ rief Hitler. ›So wird der neue Mensch sprechen. Kernig. Langsam. Bedacht. Nicht wie Sie und Ihresgleichen.‹ Er sah wieder mich an. ›Tun ihren Dienst, die Linsen. Erstklassiges Gerät, muß ich sagen. Sind ja extremen Temperaturen ausgesetzt, plus fünfzig am Tag, minus zehn in der Nacht. Dazu der Sand.‹

Er schenkte sich Wasser nach – der Hüne rührte sich nicht – und trank das Glas erneut leer. ›Nordafrika‹, sagte er und beugte sich vor, ›ist nur ein Schritt auf meinem Weg. Ein Materialtest. Ich bin mit größeren Plänen befaßt. Ich werde Rußland angreifen.‹ Ich starrte ihn an. Aber er meinte es ernst. ›Von Brauchitsch warnt mich jeden Tag vor dem russischen Winter. Ein Oberkommandeur, der sich vorm Schnee fürchtet, bevor die Schlacht überhaupt angefangen hat! Sehen Sie irgendwo einen russischen Winter?‹ Er wies zum Fenster hinaus. ›Weit und breit kein russischer Winter. Im September ist ganz Rußland deutsch. Der Rote Platz braun. – Was bin ich heute guter Laune!‹

Er stieß wieder jenes Geräusch aus, und jetzt war ganz klar, daß er lachte. Ein heiseres Bellen, bei dem sich sein ganzer Körper schüttelte. Sogar die Haarsträhne, die er quer über den Schädel gekämmt hatte, hüpfte auf und ab.

›Zu Befehl‹, sagte der Junker. ›Herr Berger und ich sind auch sehr gut gestimmt.‹

›Dies natürlich‹, sagte ich und verbeugte mich sitzend, ›weil wir bei Ihnen zur Audienz zugelassen sind.‹

›Ihr Eidgenossen seid immer so verteufelt förmlich.‹ Hitler beugte sich vor und schlug mir mit seiner rechten Hand aufs Knie. ›Berger! Wir sind doch beide Bergler! Berchtesgaden ist nicht Berlin! Wir sind hier in den Alpen! Zu Hause beide!‹

Er lehnte sich zurück, legte die Arme breit auf die Sofalehne und stöhnte. Auch wir entspannten uns ein bißchen. Der Junker, lächelte er? Ich jedenfalls atmete aus, als sei eine Gefahr vorüber, und schlug die Beine übereinander.

›Um vier Uhr kommt Heß‹, sagte Hitler nach einem längeren Schweigen. ›Und irgendwann will ich mit Blondi auf die Kampfbahn. Das ist auch schon alles heut. Zeit wie Heu. Die Lage kann eh erst gegen Mitternacht stattfinden. Dann sind die neusten Meldungen da. Wenn Tobruk gefallen ist, befehle ich den Angriff auf Rußland. Sie wachen auf, und Moskau ist unser. Na? Wäre das nichts?‹

›Ein herrlicher Freudentag wäre das‹, sagte der Junker. Und ich: ›Ihr Siegeszug findet sein Vorbild allenfalls in Caesar früher.‹

Hitler nickte und schob seine Daumen unter die Hosenträger. Er spitzte den Mund, als wolle er pfeifen. ›Jeder meint mich zu kennen‹, rief er statt dessen, plötzlich erregt. ›Jeder glaubt zu wissen, daß ich nicht rauche. Daß ich kein Fleisch esse. Daß ich nicht trinke. Das denkt doch jeder. Sie doch auch!‹

Ich nickte, weil er mich ansah. Jetzt hatte er seinen berühmten stechenden Blick, jenes Glühen, dem niemand widerstehen konnte. Ich konnte es auch nicht und nickte ein zweites Mal.

›Wissen Sie‹, rief Hitler, ›warum kein Nikotin, keine Tierfaser, kein Alkohol meinen Körper verunreinigt? Weil ich das so will! Ich kann auch das Gegenteil wollen!‹

Er wandte sich nach der Tür um und rief: ›Schneider!‹

›Zu Befehl‹, sagte Schneider, der neben ihm stand, und nahm Haltung an.

›Drei doppelte Obstler!‹ sagte Hitler. ›Und etwas Beeilung, wenn ich bitten darf.‹

›Drei was?‹ stammelte Schneider. Er sah seinen Führer mit weit aufgerissenen Augen an. ›Kein Alkohol im ganzen Haus. Führerbefehl.‹

›Ich kriege drei Obstler, und zwar sofort‹, sagte Hitler. Seine Nasenflügel bebten.

›Heil Hitler!‹ Schneider schlug die Absätze gegeneinander und ging eilig davon.

›Doppelte!‹ Hitler wartete heftig atmend, bis die Tür zu war, beugte sich dann über seinen Hund, packte ihn am Kragen und schüttelte ihn. Der Hund, Blondi, jaulte.

›Ich will mit Ihnen über optische Geräte sprechen, Berger.‹ Hitlers Kopf tauchte ebenso plötzlich wieder über der Tischplatte auf. Er sprach wieder ganz ruhig, so als habe er sich nie aufgeregt. ›Die Entwicklung der Wissenschaft der Optik steht noch am Anfang. Sage ich Ihnen nur. Ganz am Anfang.‹

Ich beugte mich ihm aufmerksam entgegen.

›Hier drin‹ – er schlug mit seiner flachen Hand gegen die Stirn – ›habe ich Hunderte von Erfindungen, fix und fertig. Die Zeit, mir fehlt die Zeit.‹ Seine Augen flackerten. ›Ich beauftrage Sie, ein Nachtsichtgerät zu bauen. Benötigte Lichtmenge: null. Einsatzdistanz zum beobachteten Objekt tausend Meter minimal. Nicht schwerer als zwanzig Kilo. Der Soldat kann es überallhin mitnehmen. Sitzt in schwärzester Nacht im Feld oder im Unterstand und erkennt den Feind, als sei's taghell. Erledigt ihn, der sich unsichtbar glaubt, mit einem gezielten Schuß. Bis wann können Sie liefern!‹

›Rein technisch gesprochen‹, sagte ich. ›Wie soll das funktionieren?‹

›Röntgenstrahlen‹, sagte Hitler. ›Wenn Sie Schuhe kaufen, stecken Sie Ihre Füße in einen Kasten und sehen Ihre Zehen, obwohl's in den Schuhen zappenduster ist. Übertragen Sie das System auf den Kampf von Mann zu Mann.‹

›Meine Firma wird sich jede erdenkliche Mühe geben, Ihre Idee zu verwirklichen.‹

Die Tür ging auf, und Schneider kam herein, schweißüberströmt, mit einem Tablett in den Händen, auf dem drei Gläser und eine Flasche Obstler schwankten. Er war gewiß mit einem der gepanzerten Fahrzeuge der Bewachungstruppe ins Dorf hinuntergerast und hatte in der ersten Gaststätte am Weg alle Alkoholika requiriert. Er schenkte die Gläser voll. Seine Hände zitterten.

›Ex!‹ rief Hitler und trank sein Glas leer.

Ich wollte es ihm nachtun, obwohl mir, am frühen Nachmittag, der Sinn nicht nach Alkohol stand. Aber ich kam nicht dazu, weil Hitler hochsprang, den Mund weit aufriß, mich anstarrte und nach Atem rang. Er hatte einen roten, beinah schon blauen Schädel.

›Schneider!‹ keuchte er. ›Schneider!‹

Leutnant Schneider streckte seine Hände aus, ihn zu stützen oder, falls er hinfiel, aufzufangen. Aber da ließ die erste Wirkung des Obstlers nach – er war, als ich nun auch an meinem Glas nippte, ein Fusel der übelsten Sorte –, so daß Hitler seinem Adjutanten zulächelte und sagte: ›Nochmals dasselbe für mich und diese Herren!‹

›Ex!‹ rief der Junker und kippte sein Glas. Ich trank auch und keuchte fast so sehr wie Hitler. Reiner Brennsprit, der Schnaps. Der Junker hielt sein leeres Glas in der Hand und stand unbewegt. Hatte er den Inhalt in die Vase geschüttet, die neben ihm stand und in der ein paar Alpenastern vor sich hin kümmerten?

Schneider füllte die Gläser neu.

Um vier Uhr war die Flasche leer. Hitler hockte breitbeinig auf dem Sessel, auf dem zuvor der Junker gesessen hatte. Er hatte die Joppe ausgezogen und die Knöpfe seines ledernen Hosenlatzes geöffnet, so daß dieser wie eine Falltür nach vorn hing. Seine Haare waren zerwühlt. Die Augen rot. Er packte mich an der Krawatte, zog mein Gesicht nahe an seins heran und rief, die Schweiz, Kinderkram, wie eine reife Frucht werde sie in seinen Schoß fallen. Die übrige Welt sowieso. ›Die Zeit ist nah, da für Deutschland kein Schuß mehr fallen muß. Eine Nation nach der andern wird mir entgegensinken.‹ Er ließ mich los. ›Wer sich mir entzieht, den stelle ich an die Wand.‹ Er sah mich so an, daß ich heftig nickte.

Leutnant Schneider schlug die Absätze gegeneinander und sagte: ›Der Herr Führerstellvertreter. Er wartet seit mehr als einer Stunde im Wintergarten.‹

›Geben Sie ihm auch ein Glas‹, sagte Hitler und reichte Schneider die leere Flasche. Schneider nahm erneut Haltung an und verschwand.

›Für Sie, Berger!‹ Hitler beugte sich unvermittelt zu seiner Jacke hinüber, holte ein Stück Papier aus einer Tasche, kritzelte mit einem Bleistift etwas darauf und gab es mir.

Es war eine Visitenkarte, auf der, ohne jeden Titel, sein Name stand. Auf die Rückseite hatte er eine Telefonnummer geschrieben. Einundzwanzig eins fünfzehn, wenn ich mich recht erinnere. Ich sah ihn fragend an.

›Wenn Sie in Schwierigkeiten sind, rufen Sie diese Nummer an‹, sagte er. ›Strengst geheim. Nicht mal Goebbels kennt sie. Heß schon gar nicht. Wer sie wählt, wird in erster Priorität mit mir verbunden. Wann immer. Wo immer ich bin.‹ Ich steckte die Karte ein.

Hitler schwieg nun – wir blieben natürlich auch stumm – und sah düster vor sich hin. Plötzlich rief er, wieder strahlend: ›Jetzt hab ich's! Ich wollte Ihnen beweisen, daß ich alles kann, was ich will. Und jetzt will ich, daß Sie gehen.‹

Leutnant Schneider begleitete uns. In einem der Korridore kam uns Heß entgegen. Er ging unsicher und stützte sich hie und da an den Wänden ab. Da ich auch nicht völlig gerade ging, hatten wir ein bißchen Mühe, aneinander vorbeizukommen. Wir schafften es mit einigen ›Verzeihung‹ und ›Bitte sehr‹. Heß roch nach Alkohol, aber nach einem andern. Einem Alpenbitter eher. Der Junker und Schneider hatten auf uns gewartet, beide mit einem Gesichtsausdruck, der zwischen Verständnis und Abscheu schwankte.«

Herr Berger nahm die Flasche und goß sich den Weinrest ein. Er trank

ihn, und als er sah, daß mein Vater schlief, leerte er auch dessen Glas. Ich setzte meins an den Mund, bevor er sich daran vergreifen konnte.

»Sagten Sie nicht, daß Sie Eva Braun getroffen hätten?« sagte ich. »Da war aber keine Eva Braun.«

»Ich mußte aufs Klo. Hitler sagte mir, wohin. Geradeaus, und dann links. Ich öffnete die Tür, die er mir angegeben hatte. Eine Frau in einem rosa Nachthemd saß auf einem Bett voller Seide und spielte mit winzig kleinen Karten Patience. ›Verzeihung‹, sagte ich. ›Ich suche das Klo.‹ – Sie sah mich aus Augen an, in denen Tränen standen. ›Geradeaus, und dann rechts.‹ – ›Danke‹, sagte ich und schloß die Tür. Das war Eva Braun.«

ÜBER DEM HORIZONT leuchtete das erste Licht und ließ den See erglänzen. Die frühesten Vögel sangen. Ein leiser Wind wehte. Ich trat meinerseits ans Fenster und gähnte. »Was ist aus dem Junker geworden?« fragte ich.

»Er ist tot«, sagte Herr Berger.

»Wie hieß er?«

Vielleicht war es der nahende Morgen, der meinen Vater weckte, oder meine Frage. Jedenfalls hatte er sie gehört. Er schlug die Augen auf, räusperte sich mit einem Getöse, das alle Vögel übertönte, und saß dann wach da.

»Guten Morgen, Papa.«

»Er wollte nicht, daß wir seinen Namen nennen.« Mein Vater stand auf und reckte die Arme. »Hitler hin oder her, Monster oder nicht, Adenauer hielt das, was der Junker getan hatte, für Verrat. Ein Deutscher verrät keinen Deutschen, das war das Denken. Auch wenn es Massenmord war, war es der eigene Massenmord. Die Organisation Gehlen setzte ihm so zu, daß er froh war, schweigen zu dürfen. Besser als immer neue Schikanen. Besser als ein Prozeß. Kein Bundesverdienstkreuz. Kein Dank. Kein Dank auch aus der Schweiz.«

»Mir hat auch niemand Dankeschön gesagt«, sagte Herr Berger.

»Heute ist alles anders!« rief ich. »Alle würden euch bewundern! Ihr kämt im Fernsehen! Man würde euch feiern! Ihr kriegtet ein ›Spiegel‹-Gespräch!«

Mein Vater löschte das Licht und stand in einer rosa Dämmerung, weil die Sonne über dem Wald über Fluntern aufging. Er schaute skeptisch.

»Das wär schon was«, sagte Herr Berger. »Komm, Kuno, wir outen uns.«

Das Gesicht meines Vaters wurde roter, wegen der Sonne, und weil ihm das Blut in den Schädel schoß. »Warum nicht?« sagte er und sah seinen Freund an. »Nur, dann müssen wir davon sprechen, daß der Junker sich bei Kriegsende in die Schweiz retten wollte und daß wir ihn nicht ins Land ließen.« Er ging so energisch auf Herrn Berger zu, daß der erschrocken zurückwich. »Daß wir uns in unserm eigenen Dienst nicht über den Weg trauten. Daß wir uns Informationen vorenthielten. Daß es sogar bei uns Offiziere gab, die mit den Nazis sympathisierten.« Er hustete. »Daß manche nicht mit uns arbeiteten, weil sie der Faschismus entsetzte, sondern weil sie Geld kriegten. Daß einige regelrecht reich geworden sind.« Er trat mit dem rechten Fuß in die Luft. »Unsere Lorbeeren liegen in schmutziger Wäsche.«

Da stand er, mein Vater, mein lieber Vater, in der Morgensonne leuchtend, in seinem uralten Militärhemd, Hosen ohne jede Form und den Schuhen, mit denen er seit Jahrzehnten im Garten arbeitete. Er schnaufte.

»*Das* war der Grund«, sagte ich.

»Ja.«

Herr Berger war zu mir ans Fenster getreten. Er packte mich am Hemd. »Er meint mich«, flüsterte er. »Er meint, daß ich Kaufmann war. Daß ich meine Waren verkauft und nicht verschenkt habe. Ich *war* Kaufmann!« Jetzt schrie er. »Das war meine Tarnung! Ein Kaufmann, der kein Geld verdient, ist keiner!«

»Ich meine nicht dich«, sagte mein Vater. Er setzte sich wieder, seufzte, hob sein leeres Glas, sah es an und stellte es wieder hin.

»Aber ich!« schrie Herr Berger. »Ich meine mich! Ja, ja, ja! Ich *bin* ein Kriegsgewinnler! Das willst du doch hören? Daß ich ein Kriegsgewinnler war?!«

»Nein.«

»Daß Hitlers Panzer siegten, weil meine Zieloptik so gut war? Daß ich schuld an all den Toten bin?«

»Nein.«

»Es stimmt aber. Die deutschen Panzer *waren* besser als die britischen. Ich *bin* reich geworden. Ich habe in einer Villa am Brienzer See gewohnt.«

»Macht ja nichts«, sagte mein Vater.

»Ich hätte mir eine Senioren-Suite am Luganer See leisten können«, brüllte Herr Berger. »Wenn ich nicht – «

Die Tür war aufgegangen, und in ihr drängten sich ein Dutzend Männer und Frauen in Pyjamas, Nachthemden, Hauben und Strickjacken. Im Halbdämmer des Korridors sahen sie wie Irre aus, die aus einem Verlies oder einem Theaterstück ausgebrochen waren. In der Mitte der Tür behauptete sich, mit beiden Händen in den Türrahmen verkrallt, der neunzigjährige Herr Andermatten, ein Walliser, und über, unter und neben ihm tauchten sekundenschnell die Gesichter der andern auf. Kein Laut, nur hie und da ein unterdrücktes Keuchen, ein Stöhnen, ein Seufzer.

»Alles in Ordnung!« sagte ich mit meiner Pflegerstimme und ging auf die Tür zu. »Bitte, meine Damen. Meine Herren.« Ich schloß sie. Ich hatte es leise tun wollen, souverän, aber sie rutschte mir aus der Hand und krachte ins Schloß. Draußen brüllte Herr Andermatten, der sie auf die Nase gekriegt hatte, daß er mich gleich nachher bei der Direktion fertigmachen werde. Auch die andern waren laut. »Ab ins Bett!« rief ich. »Wecken ist erst in zwei Stunden!«

Sie gingen zu ihren Zimmern zurück. Immer ferneres Schlurfen, das Klappern der Stöcke, der Gehhilfen. Als ich die Tür öffnete, war der Korridor leer. Dunkel, nur das Notlicht. Eine tiefe Stille, und plötzlich ein Schrei. Fern, nicht in meinem Stockwerk, schrie eine Frau, entsetzt, unwirklich beinah. Fast gleichzeitig hörte ich im untern Korridor eilige Schritte, die eigentlich nur von Schwester Annes Zoccoli herrühren konnten. Während die ferne Frau weiterschrie, rannte ich die Treppe hinunter, durch den Korridor des Erdgeschosses und, über den Grasplatz vor dem Heim, zum Ökonomietrakt hinüber.

In der Küche lag Saravanapavanathan, der Tamile, bewegungslos auf den Steinplatten des Fußbodens. Neben ihm stand seine Frau. Sie hatte geschrien, gewiß. Sie trug eine blaue Arbeitsschürze und ein buntes Tuch über den Schultern, rang die Hände und biß sich mit rasend schnellen Bewegungen ihrer Zähne in einen Finger nach dem andern. Neben Saravanapavanathan kniete Schwester Anne, fühlte seinen Puls, sah hoch und legte den Arm auf die Brust zurück. Sie stand auf, rieb sich die Augen und nahm die Hände der Frau für ein paar Augenblicke in die ihren. Diese biß nicht mehr in ihre Finger und drückte sie statt dessen gegen die Wangen, so daß ihr Mund sich zu einem stummen Schrei öffnete. Saravanapavanathan lag auf dem Rücken. Seine Augen sahen zu den Neonröhren der Deckenbeleuchtung hinauf. In einer Hand hielt er die Reste eines schwarzen Pilzes, dessen Haube die Spuren seiner Zähne zeigte.

Schwester Anne schloß seine Augen. Dann hoben wir ihn hoch und legten ihn auf den Tisch. Seine Frau, die, glaube ich, Sirah hieß, hatte ihr Tuch abgenommen und unter ihren toten Mann gelegt. Sie rief – ja, sie hatte vorhin geschrien, kein Zweifel –, daß sie es geahnt habe, daß er es angekündigt habe, daß sie gehofft habe, es werde doch noch alles gut werden. Daß ihr das Schreckliche dennoch nicht aus dem Kopf gegangen sei – deshalb sei sie ihn ja suchen gegangen, mitten in der Nacht, in der Küche! –, daß er nämlich, wenn die Schweizer ihn dazu zwängen, in sein Land zurückzukehren, daß er dann den Pilz essen werde. Sein Land sei nicht mehr sein Land, weil, kaum tauche er in dem Dorf auf, das seine Heimat gewesen war, Vettern und Onkel ihn töten müßten. Er habe ihren Kampf verraten durch seine Flucht. Die andern, die Feinde, die brächten ihn sowieso um, unbesehen, einfach weil er so aussehe wie er aussehe. Jeder habe so einen Pilz, jeder Mann. Er sei ein in ihrer Heimat berühmter Heilpilz, der »Schwarze Helfer«, wenn man seinen Namen zu übersetzen versuche, der, in einer mundgroßen Dosis genossen, auf der Stelle tödlich sei. Keine Rettung möglich, keine.

Inzwischen standen alle Landsleute Saravanapavanathans in einem Kreis um den Toten herum, bewegungslos und still, bis auf eine junge Frau, die ihren Arm um Sirahs Schultern gelegt hatte und leise auf sie einredete. Schwester Anne hatte die Polizei gerufen, den Anstaltsarzt, und der Arzt und ein Polizist waren zusammen gekommen, als hätten sie sich verabredet, zwei ähnlich freundliche, müde Männer mit eckigen Gesichtern. Sie beugten sich über den Toten und füllten dann Formulare aus. Jeder seine. Nur einmal hob der Polizist den Kopf und sagte zum Arzt: »Ein Toter auf einem Küchentisch, entspricht das den Hygienebestimmungen?« Der Arzt hob die Schultern. Die Tamilen blieben unbewegt. Nur als Saravanapavanathans Frau zu ihrem toten

Mann hinstürzte und nach dem Rest des Pilzes faßte, gab es einen kleinen Tumult. Als hätten alle nur auf diesen Augenblick gewartet, rissen sie die Frau zurück. Gleich stand sie wieder still. Niemand sprach. Endlich tauchten zwei Sanitäter auf, schoben Saravanapavanathan auf eine Bahre und trugen ihn weg. Er lächelte und hielt den Pilz umklammert.

Ich nahm eine Thermosflasche, ging zum Kaffeekessel und füllte sie. Tatsächlich war der Kaffee heiß. Irgendwer hatte die Maschine in Betrieb gesetzt. Draußen funkelte Tau auf den Gräsern. Die Sonne stand höher. Es war bereits warm. Etwas weiter weg lag die Taube in ihrem Blut. Herr Berger und mein Vater saßen nebeneinander auf der Fensterbank des Zimmers und winkten mir zu. Sie schienen sich versöhnt zu haben. Ich winkte zurück und schwenkte die Kaffeeflasche. Die beiden oben im Fenster klatschten. Als ich die Treppe hochstieg, spürte ich die Nacht in den Beinen.

WIR HATTEN keine Tassen, also mußten wir den Kaffee aus unsern Weingläsern trinken. Es war jetzt taghell. Der Kaffee tat gut. Aber ich war trotzdem todmüde und gähnte herzzerreißend.

»Gleich gehen wir schlafen«, sagte Herr Berger.

»Aber wir haben noch eine Wette laufen. Sie haben mir immer noch nicht gesagt, wer mich bei der Gestapo gerettet hat.« Und zu meinem Vater: »*Du* darfst ins Bett.«

»Ich habe vergessen, wer's war«, sagte dieser. »Erzähl's mir nochmals.« Er goß zuerst sich Kaffee nach, dann Herrn Berger und mir. Ich setzte mich auf den Schemel zurück.

Herr Berger blies über den Kaffee und sah mich an. »Es war genau so, wie Sie sich das vorstellen. Das Poltern im Morgengrauen. Ein Auto ohne Nummernschilder. Ich zwischen zwei Männern in grauen Anzügen. Vorn ein stummer Fahrer. Kaum ein anderes Fahrzeug auf der Straße. Nebel. Wir landeten in einem Gebäude aus der Gründerzeit. In einem Büro, in dem zwei andere Männer saßen, Uniformierte diesmal, ein grobschlächtiger, der hinter einer Schreibmaschine hockte, und ein schmaler, der eine elegantere Uniform und eine Nickelbrille trug.

Ich wurde vor eine grelle Lampe gesetzt, die mich blendete. ›Spion‹, brüllte der mit der Brille ohne jede Begrüßung. ›Gestehen Sie! Unterschreiben Sie hier!‹ – Ich unterschrieb aber nichts. Ich war eiskalt vor Angst und dachte, meine einzige Chance sei, nichts zu wissen. ›Ich verkaufe optische Geräte‹, sagte ich. ›Woher sollte ich Ihre Geheimnisse kennen?‹

Darauf hatten sie eine Antwort. Eine Tür ging auf, und der Junker kam herein, mit roten Augen und einem Stoppelbart. Er war am Abend vorher verhaftet worden. Sie beobachteten, wie wir uns begrüßten, und wir taten es ohne den Austausch irgendwelcher Zeichen. Der Junker wurde auf einen andern Stuhl gesetzt und sah vor sich hin.

›Na?!‹ sagte der Intellektuelle.

›Natürlich kenne ich ihn‹, sagte ich. ›Er ist mein Kontaktmann. Ganz offiziell.‹

›Das sage ich auch die ganze Zeit‹, sagte der Junker.

›Sie schweigen!‹ brüllte der Grobschlächtige. ›Jedes Wort, das Sie sagen, bringt Sie dem Abgrund näher.‹

›Wessen werden wir verdächtigt?‹ sagte ich. ›Wenn ich fragen darf.‹

›Sagen Sie nur nicht, daß Sie das nicht wissen.‹ Der Intellektuelle lehnte sich im Stuhl zurück und trommelte mit den Fingern auf der Tischplatte herum.

›Ich weiß es nicht‹, sagte ich.

›Spionage zugunsten des Feindes unsres geliebten Deutschlands.‹

›Aha‹, sagte ich.

Immer wieder wurden mir die gleichen Fragen gestellt. Zehnmal, zwanzigmal. Wie ich mit meinem Dienst kommunizierte? Welchen Code ich gebrauchte? Wer mein Führungsoffizier sei? Wie ich mit dem Junker Kontakt aufgenommen hätte?

Endlich griff der Grobschlächtige in eine Schublade, holte eine dünne Akte hervor, blätterte die paar Papiere hin und zurück, nahm endlich ein Foto aus einem Briefumschlag und gab es mir.

›Wer ist das?‹

Es war natürlich das gestohlene Bild. Harry Harder, Nina und Sie.«

»Und der Hund«, sagte ich.

»Diesmal konnte ich meine Bestürzung nur mit größter Mühe verbergen.

Ich war sprachlos. Als ich fühlte, daß ich wieder etwas sagen konnte, ohne zu stammeln, gab ich das Foto zurück. ›Keine Ahnung‹, sagte ich.

›Keine Ahnung?‹ Er lächelte. ›Keine Ahnung?!‹ brüllte er. ›Das ist Ihr Vorgesetzter! Kuno Lüscher! Neben ihm seine Frau! Nina Lüscher! Ebenfalls Mitarbeiterin Ihres Dienstes! Das Balg ist der Sohn! Sie sehen, wir wissen alles!‹

›Darf ich rauchen?‹ sagte ich. Ich war damals schon ein heftiger Raucher, schlimmer als heute natürlich. Keine Gauloises wie heute, sondern Parisiennes. Juno, wenn ich in Deutschland war.«

Mein Vater rief: »Ihr Werbeslogan war: Aus gutem Grund ist Juno rund. Keine Ahnung, wieso.«

»Weil die türkischen Zigaretten damals flach waren«, sagte Herr Berger. »Und die ägyptischen. – Obwohl die beiden Gestapomänner meine Frage überhörten, suchte ich in den Taschen herum, ob sich da etwas fände. Aber sie hatten mir alles abgenommen, sogar mein Taschentuch. Nur ein kleines Etwas steckte in der rechten Jackentasche, ein Karton, und ich zog ihn hervor. Eine Visitenkarte. Ich starrte sie an. ›Darf ich telefonieren?‹ sagte ich dann und merkte, daß meine Stimme zitterte.

›Nein‹, sagte der Intellektuelle.

›*Ein* Anruf‹ – meine Stimme war tonlos vor Angst, er könne bei seinem Nein bleiben –, ›und Ihr Fall ist gelöst. So oder so.‹

Er sah mich an. Dann schob er den Apparat über den Tisch. ›Gnade Ihnen Gott, wenn das nicht stimmt.‹

Ich wählte die Nummer. Einundzwanzig eins fünfzehn. Es klingelte ein einziges Mal, und eine Stimme sagte: ›Ja?‹

›Sind Sie's?‹ stammelte ich. ›Hier ist Berger. Fritz Berger. Wir – ‹

›Berger!‹ rief Hitler, den ich erst jetzt sicher erkannte. ›Unvergeßlich, die Stunden mit Ihnen. Was für ein Nachmittag. Ist jetzt auch schon zwei Jahre her, nicht? – Hatte wahnsinniges Kopfweh danach. Sie auch?‹

›Und wie‹, sagte ich.

›Heß war betrunken, als er zu mir kam! Krasse Mißachtung eines Führerbefehls. War das letzte Mal, daß ich ihn sah. Den Engländern Frieden anbieten! So was tut der Brite nicht. War wohl immer noch besoffen!‹

›Verstehe‹, sagte ich. Wir schwiegen. Ich hörte seinen Atem.

›Ich – ‹, sagte ich. Aber er sprach schon wieder.

›Ich bin gerade mit Speer zusammen. Ich plane ein neues Berlin. Ein bißchen popelig noch, die Visionen Speers. Habe ihm eben erläutert, in welchen Dimensionen wir Nationalsozialisten denken.‹

›Ich bin verhaftet worden‹, sagte ich. ›Die Gestapo hält mich für einen Spion. Und Ihren treusten Adjutanten auch, nur weil ich ihn kenne.‹ Ich nannte seinen Namen. ›Sie wissen am besten, wie ungerechtfertigt das ist.‹

›Meine Gestapo?‹ schnarrte Hitler. ›Sagt, Sie sind ein Spion?‹

›Ja.‹

›Nein!?‹

›Doch.‹

›Geben Sie mir einen von den Herren.‹

Ich wählte den Intellektuellen. ›Für Sie!‹ Er sah mich voller Verachtung an, nahm den Hörer und sagte: ›Obersturmführer Hunn. Ich höre.‹

Er lauschte. Dann schoß er in die Höhe, nahm Haltung an und stand kreideweiß da, mit dem Hörer am Ohr, puterrot. Nickte, nickte, nickte. ›Jawoll!‹ rief er schließlich. ›Heil Hitler!‹ Er horchte nochmals in den Hörer hinein, legte auf und sank in seinen Stuhl. Er war schweißgebadet. Der Grobschlächtige starrte ihn an.

›Wieso haben Sie das nicht gleich gesagt?‹ flüsterte er, Todesangst in der Stimme.

›Unschuld braucht keine Hilfe‹, sagte ich.

›Er hat mich degradiert. Das ist die erste telefonische Degradierung in der Geschichte des Nationalsozialismus.‹

Der Junker und ich gingen zur Tür. Die beiden Gestapomänner standen hinter ihren Schreibtischen und hielten die Arme zum Hitlergruß erhoben. ›Hinausbegleiten!‹ rief der Intellektuelle dem Wachmann zu, der im Korridor patrouillierte. ›Freilassungsbescheid aushändigen!‹

Ich nickte ins Zimmer zurück, und wir gingen zum Ausgang. Ich sah den Junker nicht an. Ich hatte eine wahnsinnige Angst, ein ganzer Trupp Häscher komme jetzt gleich hinter uns dreingerannt und verhafte uns zum zweiten Mal, diesmal endgültig. Aber nichts geschah. Wir kriegten unsre Siebensachen zurück und standen im Freien. Die Sonne schien. Eine Frühlingsluft. Autos fuhren. Uniformierte gingen an uns vorbei, ohne uns zu beachten. Ich zündete mir eine Zigarette an. Wir gingen langsam an den Mauern der Gestapozentrale entlang. Sagten kein Wort. An der nächsten Straßenecke trennten wir uns ohne einen Abschied.«

Herr Berger stand auf. »Sie schulden mir eine Flasche Meursault«, sagte er, als er an mir vorbeiging.

»Kalterersee, sagten wir. Und den haben Sie längst getrunken.«

»Ach ja.« Unter der Tür drehte er sich nochmals um. »Gute Nacht. Guten Morgen, meine ich.« Ich hörte seine Schritte im Korridor und die Tür seines Zimmers, wie sie auf- und zuging.

»Dann will ich auch mal«, sagte ich. »Schlaf gut, Papa.« Mein Vater, der sehr wach aussah, winkte mir vom Fensterbrett her zu. Ich war schon fast draußen, als ich stehenblieb und sagte: »Ich weiß, wer das Foto aus dem Album gerissen hat.«

»Wer?«

»Willy. Ich sehe ihn vor mir. Wir blätterten zusammen das Album durch, kleine Buben, und er nahm das Foto.«

»Willy!?« Mein Vater hatte große Augen. »Ich hatte immer gedacht – « Er stand auf, kam mit weit ausgebreiteten Armen zu mir herüber und, tatsächlich, er umarmte mich. »Das ist eine gute Nachricht! Und jetzt wollen wir schlafen gehen, nicht, Zwerg?!«

ALS ICH aus dem Haupteingang trat, um durch den Garten in mein Zimmer im Angestelltentrakt zu gehen, bog ein uralter Rolls-Royce auf den Parkplatz ein. Nicht die Art Automobile, die uns sonst besuchten. Ich blieb stehen. Ein noch älterer Mann entstieg ihm. Er trug einen schwarzen Anzug, wie ein Minister, und stützte sich auf einen Stock. Er schloß umständlich ab und wandte sich um.

»Anselm?« sagte ich. »Herr Schmirhahn?«

Ein Leuchten ging über sein Gesicht. »Mein Lieber!« rief er. »Just Sie suche ich. Meinem Projekt ist Glück beschieden, wie ich sehe.«

»Falls Sie ein Altersheim suchen: Sie können sich was Besseres leisten. In

Lugano kenne ich eine Senioren-Residenz mit Seeanstoß. Erstklassige ärztliche Betreuung. Und man ißt *à la carte*.«

»Einen Alterssitz suche ich, wenn ich alt bin«, sagte Anselm Schmirhahn.

Er mußte weit über achtzig sein. Neunzig. Er hatte ein schrecklich zertrümmertes Gesicht, als sei er nicht nur in seiner Jugend, sondern auch im hohen Alter schlagender Student gewesen und habe jedes Gefecht verloren. Seine linke Wange hing schräg, wie ein Sack, und zuckte. Seine Haare allerdings waren tadellos. Eine silbergraue Mähne.

»Ich brauche Ihre Hilfe.«

»Sie? Meine Hilfe?«

»Erinnern Sie sich an Willy?«

Ich starrte ihn an. »Was ist mit Willy?«

»Seit mehr als dreißig Jahren leitet er die *Brasserie Anselme du Congo* in Kisangani. Große Leistung. Ich hätte nie gedacht, daß er das auch nur ein halbes Jahr überlebt. Sind nämlich harte Burschen, die Neger dort.« Er lachte, ein Echo des Lachens, das ich von ihm gehört hatte, als Willy und Sophie uns verließen. »Immer kam das Geld. Kam, sage ich. Seit etwa einem Jahr kommt nämlich keins mehr. Und Willy reagiert auf keinen Notruf.«

»Und?«

»Etwas ist passiert.«

»Was?«

»Das möchte ich eben wissen. Irgendwer muß hinfahren und nachsehen. Jemand, der ihn kennt. Sie!«

»Wieso ich?«

»Mich würde das Klima umbringen.« Er faßte meine Hände. »Ich habe keinen andern. Aline ist tot. Henner hat einen weichen Keks. Niemand weiß mehr, wie Willy überhaupt aussah. Nur noch Sie und ich. Bitte. Es wird nicht Ihr Schade sein.«

»Zehntausend«, sagte ich.

»Na, na.« Er sah mich an. »Für eine kleine Reise nach Afrika. Ich gebe Ihnen drei.«

»Zehntausend. Bar. Oder Sie können ihn vom Roten Kreuz suchen lassen.« Ich machte rechtsumkehrt und ging davon.

»Ist ja gut!« rief er. Ich blieb stehen. Er kam zu mir gehumpelt. »Bringen Sie ihn her. Tot oder lebendig.«

Er zählte mir fünf Tausender in die Hand. »Fünf jetzt, fünf, wenn Sie zurück sind.« Er hatte alles vorbereitet. Flugtickets, eine schwarze Lederbrieftasche voller Dollars, eine Generalstabskarte der Armee von Zaire im Maßstab 1:100000, die den Oberlauf des Kongo in der Umgebung von Kisangani zeigte. Sogar das Visum war da. Der Flug war in drei Stunden: mit der Swissair nach Brüssel, dann mit der Sabena nach Kinshasa. Dort mußte ich wohl sehen, wie ich weiterkam.

Ich steckte alles ein und ging in mein Zimmer. Als ich, um zu duschen, die Hosen auszog, fiel der Revolver aus einer Tasche. Ich entlud ihn und schob ihn in die Hose zurück. Dann füllte ich meine Reisetasche mit dem Nötigsten – Anselm hatte mir nachgerufen, die Koffer, die man aufgebe, finde man sowieso nur geplündert vor – und schloß die Tür hinter mir zu.

Im Korridor kam mir Schwester Anne entgegen. »Ich nehme mir ein paar Tage frei«, sagte ich. »Dringende Familienangelegenheiten.«

»Und wer macht den ersten Stock?« sagte sie.

»Wie wär's mit Ihnen?«

Sie hob die Schultern und ging davon. Sie war atemberaubend, auch von hinten. Gerade von hinten. Bestürzend war sie, in ihren Zoccoli. Ihre blonden Haare wippten im Rhythmus ihrer Schritte auf und ab. Eine Göttin, so etwas wie eine Göttin. Ich sah ihr nach, wie sie sich entfernte, am Ende des Korridors nach links abbog und verschwand.

»Ich liebe Sie!« rief ich. Meine Stimme hallte im leeren Korridor. Keine Antwort, nicht einmal ein Echo.

Als ich über den Parkplatz ging, merkte ich, daß ich sang. Leise, falsch, aber immerhin. Ich lachte und sang lauter. Ich hob den Deckel des Müllcontainers hoch und warf den Revolver hinein. Winkte Herrn Andermatten zu, der mit finsterem Gesicht auf das Hauptportal zustampfte und wohl auf dem Weg zur Direktion war, um mich zur Schnecke zu machen. Als die Straßenbahn um die Ecke gekreischt kam, rannte ich, etwas, was ich seit Jahren nicht mehr getan hatte.

3

TATSÄCHLICH WURDE MIR am Flughafen von Kinshasa sogar mein Handgepäck geplündert. Ein schweißnasser, tiefschwarzer, schlecht rasierter Zollbeamter winkte alle Passagiere des Flugs aus Brüssel durch. Nur mich nicht. Ich war der einzige Weiße. Er sah mich aus melancholischen Augen an und schüttelte den Kopf, während er meinen Paß Seite für Seite durchblätterte.

»Dans quel but comptez-vous voyager dans la République du Zaïre?« fragte er mich so leise, daß ich ihn kaum verstand.

»Tourisme«, antwortete ich.

Er seufzte und leerte den Inhalt meiner Reisetasche auf einen Tisch aus, dessen Platte aus Blech war. Er hob meine Boxershorts und Hemden gegen das Sonnenlicht, das durch staubige Oberlichter in die Halle fiel, wühlte in meinem Toilettenbeutel herum, roch an der Seife und schien den Kriminalroman, über dem ich im Flugzeug eingeschlafen war, im Stehen durchlesen zu wollen.

»C'est de l'allemand«, sagte ich und deutete auf die Seite, die er gerade vor sich hatte.

»Das sehe ich selbst«, sagte er auf deutsch und legte das Buch in die Tasche zurück. »Taugt er was, der Schmöker?«

Ich hob die Hände, um anzudeuten, daß ich ihn nicht so toll fand. Er nickte. *»Mes auteurs préférés sont Simenon et Montaigne.«* Währenddessen tastete er die Nähte meiner Tasche ab und schob endlich die Generalstabskarte von Zaire, mein Rasierzeug und meine Sonnenbrille in eine Schublade. *»Importation interdite.«*

Er wollte auch den Paß wegstecken, aber ich riß ihn ihm gerade noch rechtzeitig aus der Hand. *»Je prierai pour vous«*, murmelte er und wandte sich ab. Ich öffnete den Mund, um gegen seinen Raubzug zu protestieren, schloß ihn wieder und ging durch eine Schwingtür ins Freie. Eine so heiße Luft, daß meine Lungen in Flammen aufzugehen schienen. Eine grelle Sonne, so daß mir die dunkle Brille sofort fehlte. Etwa zwanzig Männer schrien auf mich ein, weil sie ein Taxi hatten und mich billiger als alle anderen fahren wollten.

Der brutalste und vermutlich teuerste von ihnen brachte mich ins Stadtzentrum, ins Intercontinental, das, wie die ganze Stadt, so aussah, als sei es in einem Krieg beschossen und geplündert worden. Ich hatte keine Zeit gefunden, mich mit der jüngsten Geschichte des Staates Zaire näher vertraut zu machen, und hatte wohl irgendwelche Fehden übersehen. Überall Trümmer, ausgebrannte Häuser, blinde Fenster. Zugenagelte Ladengeschäfte. Ausgeweidete Herrschaftsvillen, von denen nur noch die Mauern übriggeblieben waren. Menschen gingen, alle unterwegs nach irgendwo. Kaum Autos, außer meinem Taxi. Es kostete tatsächlich so viel wie in Zürich, in Dollars allerdings. Ich zahlte, ohne mit der Wimper zu zucken. Es war Anselms Geld. Im Interconti kriegte ich ein durchaus erträgliches Zimmer – gegen Vorkasse: $ 150! – und ließ mir vom Concierge beim Buchen eines Flugs nach Kisangani helfen. Erfolglos, trotz einem fetten Trinkgeld. Das Telefon funktionierte nicht. »In Zaire«, sagte er, »können Sie alles kaufen. Pässe, eine Bescheinigung des Katasteramts, daß Sie der Besitzer des Interconti sind, Ihre eigene Sterbeurkunde. Es ist eine Frage des Geldes. Aber ein funktionierendes Telefon können Sie nicht kriegen. Das hat nur der Präsident.«

So schickte er mehrere Boten aus: Aber die einzige Maschine der einzigen Gesellschaft, die diese Strecke beflog, lag definitiv mit geknickten Flügeln im Urwald – eine beinah geglückte Notlandung auf einer Lichtung, die allerdings das Dorf zertrümmert hatte, in das sie hineingelandet war –, und die von der ehemaligen UTA ausgeliehene Ersatzmaschine stand zwar auf dem Flugfeld von Kinshasa bereit, war aber über Nacht ihrer beiden Motoren beraubt worden. Niemand hatte die Täter gesehen, obwohl sie stundenlang gearbeitet und ihre Beute mit einem Sattelschlepper abtransportiert haben mußten. So daß ich schließlich am Abend desselben Tages noch – das Zimmer war bezahlt und blieb es – ein Schiff bestieg, das die tausendfünfhundert Kilometer flußaufwärts bis nach Kisangani in nur sieben Tagen zu bewältigen versprach.

Es war ein 17,5-Tonnen-Kahn, der *Perle des Afriques* hieß. Er war gewiß so alt wie eine Perle, älter vielleicht. So viel Rost an allen Metallteilen, daß sie wohl ausschließlich aus Rost bestanden. Abgeblätterte Farbe an der Reling, die da und dort ganz fehlte. Ein Deck, über dem löchrige Zeltplanen hingen, die uns vor der Sonne schützen sollten. Ein über das Planendach hinausragendes Holzhäuschen mit glaslosen Fenstern, in dem der Steuermann hinter einem mannshohen Rad stand. Ein Kamin dahinter, eine Art Ofenrohr, aus dem schwarzer Rauch qualmte und den hintern Teil des Schiffs ausräucherte. Der Kapitän war ein kleiner, drahtiger Mann mit Wulstlippen, der beim Laden wild herumschrie und später, als wir fuhren, träge in einem Stuhl auf der Brücke oben saß und seinem Steuermann zusah, wie er an Baumstrünken und Riffen vorbeisteuerte.

Alles in allem kletterten so an die zweihundert Menschen an Bord, die alle in den vordern Teil des Schiffs wollten, so daß es wohl schon im Hafen gekentert wäre, hätte der Kapitän seine Fracht nicht mit Schreien und Fußtritten verteilt. Mich verschonte er nur, weil ich ihm, auch schreiend und wild gestikulierend, eine Zwanzig-Dollar-Note entgegenschwenkte. Er wies mir einen Winkel auf dem Vorderdeck zu. Um mich herum saßen Einheimische auf Säken und Tüchern; dicht neben mir ein alter Mann, der nur noch aus Runzeln zu bestehen schien. Er war der einzige Greis an Bord und sah so aus, als würde er den nächsten Morgen nicht erleben. – Nutztiere wie Ferkel und Hühner gab's auch. Sie lagen mit zusammengebundenen Füßen da und wurden zunehmend apathisch.

Die Sonne stand tief über dem Horizont, als die *Perle des Afriques* hupend – eine Sirene, die Geister in die Flucht treiben konnte! – in den rot leuchtenden Stanley Pool hinausfuhr. Das gegenüberliegende Ufer fern in einem milchweißen Dunst. Ich hatte ein Meer erwartet! Ein paar hunderttausend Vögel schaukelten im Wasser. Ich fragte den alten Mann, warum wir jetzt noch losführen. Der Kongo ist so gefährlich, daß man ihn im Dunkeln nicht befahren kann. Untiefen, Sandbänke, tote Arme. Der alte Mann antwortete nicht. So sah ich eben zu, wie die Skyline von Kinshasa hinter uns verschwand – die Sonne kam dem Horizont immer näher –, bis wir nach einer guten Stunde in den eigentlichen Fluß einfuhren und tatsächlich sofort ankerten. Um uns herum unzählige Boote, die alle irgendwann einmal auf eine Untiefe gefahren

und nicht mehr flottgemacht worden waren; für immer gestrandet; jedes von mindestens zwei Dutzend Menschen bewohnt, auch wenn das Deck schräg wie eine Rutsche war.

Die Sonne verschwand im Wasser, als stürze sie hinein, die Luft wurde blau, und ein paar Atemzüge später sah ich nicht einmal mehr meine vor die Augen gehobenen Hände. Vorsichtshalber tastete ich nach meiner Reisetasche, um sie festzuhalten, genau im richtigen Augenblick, denn sie setzte sich eben in Bewegung, als ich sie packte. Jemand zerrte heftig an ihr und gab sofort wieder auf, als er Widerstand spürte. Der alte Mann? – Ferne, irgendwo am unsichtbaren Ufer, dröhnten Trommeln. Ich kriegte Hunger und Durst und inspizierte tastend das Proviantpaket, das mir das Hotel mitgegeben hatte. Es war eindrucksvoll groß, enthielt aber, als ich es öffnete, hauptsächlich Luft und weit unten ein paar winzige Sandwichs, einige Büchsen mit Getränken und ein einsames Etwas, was, als ich es schnüffelnd untersuchte, ein Radieschen zu sein schien. Ich aß es, und auch ein erstes Sandwich. Während ich eine Büchse aufriß, entschloß sich der alte Mann – unsichtbar neben mir –, meine Frage zu beantworten, und erklärte mir, daß der Kapitän dem falschen Stamm angehöre – dem in den Regierungsrivalitäten unterlegenen – und es vorziehe, mitten im Fluß zu nächtigen. An Land, nachts, starb einer wie er leicht. Hier an Bord herrsche traditionell eine Art Mordpause, weil ja alle irgendwohin wollten, was aber natürlich nicht ausschließe, daß der eine oder andere im Fluß verschwinde. Auf einer Fahrt vor etwa zwei Jahren hätten aufgebrachte Rebellen sowohl den Käpt'n als auch seinen Steuermann – beide regierungstreu – ins Wasser gekippt, und das Schiff sei Minuten später auf spitze Felsen aufgefahren und mit Mann und Maus gesunken. Alle tot.

»Und die Weißen?« sagte ich und trank. Eine süße Limonade.

»Ah ça!« knurrte er und schwieg.

Ich wollte auch nichts Genaueres wissen und fragte ihn nur noch, ob es auf diesem Schiff eine Toilette gebe. *»A l'autre bout du bateau«*, sagte er. Es war so dunkel, daß ich nicht einmal die Umrisse des Schiffs sah. Millionen Sterne zwar, hoch im All, aber kein Mond. Ich beschloß, bis zum ersten Morgenlicht durchzuhalten. Es stellte sich heraus, daß das auch alle andern Passagiere getan hatten, und daß die Toiletten aus der Reling im Heck bestanden.

Männer und Frauen hockten nebeneinander darauf, mit hochgeworfenen Röcken und auf den Knöcheln hängenden Hosen, und vor ihnen warteten die, die auch mußten. So tat ich das auch, schob mich im Wartepulk vorwärts und kauerte schließlich, den Hintern in der Luft und meine Reisetasche vor mir auf den Knien, zwischen einem vor Anstrengung keuchenden Mann und einem quengelnden Kind, das von seiner Mutter gehalten wurde. Vor mir standen die Wartenden und starrten mich an. Unter mir – wir fuhren wieder – toste das Wasser. Immerhin qualmte der Kamin nun und hüllte uns in einen gnädigen Rauch. Als ich an meinem Platz zurück war, war ich schwarz vom Ruß. Ich ließ mein Hemd an einem Ärmel ins Wasser hinunter und versuchte, mich mit dem nassen Tuch wieder halbwegs sauberzukriegen.

Der Fluß war voller Sandbänke, Schwemminseln und weit ins Wasser hineinragender Landzungen. Riesige Grasteppiche schwammen vorbei. Oft sah ich kaum mehr, wo es weiterging. Nur Wald vor, neben und hinter mir. Bäume, Bäume: wo nicht Wasser war, da waren Bäume. Baumriesen beugten sich über die Fluten, schienen hineinstürzen zu wollen und taten es dennoch seit den Urzeiten nicht. Wurzeln, die so dick wie bei uns ein Eichenstamm waren. Andere Baumungeheuer wuchsen geradewegs in den Himmel. Es gab nichts Kleines, oder doch, denn jede Lücke war mit irgendeinem Gewucher ausgefüllt. Mit Lianen, Schlinggewächsen voller roter Blüten. Einer Art Tropenefeu mit riesigen Blättern. Flechten wie Bärte, die von vielen Ästen hingen. Alles war so mit allem verbunden, jeder Baum so in den andern verheddert, daß dieses Baummeer, dieser grüne Ozean, ein Ganzes zu sein schien, undurchdringlich für Wesen, die größer als Schlangen oder Affen waren. Und doch gab es Okapis in ihm! Elefanten! Geheimnisvolle Pfade, auf denen Eingeborene schlichen, unsichtbar! Oder nein, hie und da, wenn wir nahe am Ufer fuhren, glaubte ich schwarze Haut aufblitzen zu sehen, huschende Gestalten. Ich konnte mich aber auch täuschen. Riesige Vögel rauschten aus den Wipfeln hoch und flohen übers Wasser davon. Andere Tiere schrien, Todesschreie, denen eine schwere Stille folgte. Ich konnte meine Augen von dem schwarzen Grün kaum abwenden. So etwas Schönes hatte ich noch nie gesehen, so etwas Entsetzliches. Unser Schiff kroch so langsam flußaufwärts, daß ich mich fragte, ob wir nicht rückwärts trieben: in unsern Ausgangshafen zurück.

Zuweilen kam uns ein Schiff entgegen, ein Kahn wie unserer oder ein noch viel kleineres Boot, in dem zwei, drei Schwarze ruderten. Seltsame Schlepper, die fahrenden, im Heck jäh abgeschnittenen Tankstellen glichen und bis zu einem Dutzend Flöße zogen, auf denen sich die Passagiere drängten. Und einmal ein regelrecht großes, auch modern aussehendes Schiff, das herrisch an uns vorbeirauschte und uns beinah umwarf. Danach war die Stille noch größer. Am Tag, vor allem am späten Nachmittag, schwieg der Wald. Kein Laut und keine Bewegung in ihm. Aber wenn die Sonne unterging, wurde er lärmig, alle Tiere wachten auf, und auch die Trommeln dröhnten wieder, näher, fern. Zuweilen auch, von weit her wehend, Gesänge, falls dieses Schreien und Heulen ein Singen war.

Hie und da hatte der Wald Lücken. Schneisen waren in ihn hineingeschlagen. Lichtungen, in denen traditionelle Rundhütten oder auch neuzeitliche Häuser standen, üble Fertigteilkisten und aus Wellblech zusammengeschusterte Fabriken, die rauchten und stanken, als seien sie Großkonzerne. Auf den Landungsstegen, improvisierten Holzkonstruktionen, drängte sich die ganze Bevölkerung der Siedlung. Schreie, Gelächter, Rufe, daß mir die Ohren dröhnten. Kisten wurden ausgeladen, die Ferkel, die Hühner. Einmal eine Tiefkühltruhe, obwohl der Kraal, vor dem wir angelegt hatten, nicht so aussah, als verfüge er über Elektrizität. Die auf dem Schiff versuchten, denen an Land Alkohol, Zigaretten oder Comic-Hefte zu verkaufen, und die an Land boten Tücher und Früchte feil. Der Kapitän lud neues Brennholz. Der Steuermann saß derweil auf dem Stuhl seines Chefs und schaute bewegungslos auf das Chaos. Neben ihm stand, zu einer Statue erstarrt, der Heizer, der sonst im Schiffsbauch vor dem Kessel hockte. Er war nackt bis auf ein Lendentuch und trug einen Wollfaden von undefinierbarer Farbe um den Hals – war er einst weiß gewesen? –, der vielleicht schon seinem Urgroßvater Glück gebracht hatte.

In der letzten Nacht, als wir nahe am Ufer den Anker geworfen hatten, brach, viel näher als sonst, ein Trommeln, Singen und Heulen von einer solchen Urgewalt aus, daß alle Passagiere – ich sah sie im letzten Dämmerlicht – erstarrten oder mit schmerzverzerrten Gesichtern an die Reling rannten. Viele hielten sich irgendwo fest, klammerten sich an ein Heizrohr, als könnten sie von dem Gesinge weggesaugt werden. Der Kapitän ließ sein Horn dröhnen, solange er Dampf hatte. Aber nachher – nun war's stockfinster – schienen die heulenden Waldmenschen noch viel lauter zu sein. Sie tobten die ganze Nacht hindurch, und keiner auf dem Schiff schloß ein Auge, sicher nicht. Auch ich fror vor Angst. Einmal hörte ich ein Platschen, als sei jemand ins Wasser gesprungen. Eine Frau schrie auf. Dann wieder Stille. Ich starrte in die Dunkelheit, sah aber gar nichts. Schwamm da einer dem singenden Wald entgegen? Fraß ihn just eben ein Krokodil, oder schaffte er es zum Ufer und war bald auf dem Weg zu den lockenden Klängen? – Am nächsten Morgen fehlte der Heizer. Wir fuhren ohne ihn weiter. Der Steuermann heizte und überwachte den Druckmesser und der Kapitän steuerte.

»Ah ça!« sagte der alte Mann gegen Abend, kurz bevor wir ankamen; als seien wir immer noch mitten in dem Gespräch, das wir in Wirklichkeit am ersten Abend abgebrochen hatten. »Die Weißen. An Ihrer Stelle würde ich die Augen offenhalten.«

»In Kisangani oben ist die Brauerei«, antwortete ich. »Da sind doch Weiße.«

»Nicht daß ich wüßte.«

Dann bogen wir um eine Landspitze und sahen den Hafen. Flache Gebäude mit großen Fenstern, deren Scheiben kaputt waren. Während wir in einer schon schrägen, aber immer noch glühenden Sonne hupend auf den Quai zufuhren, wurde, trotz unserm eigenen Lärm, das Tosen der Stanley-Fälle immer lauter, die, unsichtbar, hinter hohen Wäldern sein mußten. Jedenfalls hing über den Bäumen ein Regenbogen. Vögel tauchten in ihn hinein und verschwanden hinter den Wipfeln. Ich ging mit allen andern Passagieren und den verbliebenen Tieren an Land. Umklammerte meine Reisetasche immer noch so heftig, daß ich die Hand, die sie hielt, kaum lösen konnte, als ich sie nun auf den festen Boden setzte und mich umsah. Kisangani, das doch eine große Stadt geworden war, schien aus einigen Häusern aus Holz und Beton zu bestehen. Nur weit hinten ragte einsam ein Hochhaus aus den Palmen, mit einer riesigen Reklametafel von Shell auf dem Dach.

ICH FRAGTE einen Hafenangestellten nach Anselms Brauerei. Er war der erste Eingeborene, der nicht Französisch zu können schien. Als ich aber aus einer imaginären Flasche trank und dazu *»Anselme! Anselme!«* sagte, ging ein glückliches Leuchten über sein Gesicht, und er deutete auf eine Ansammlung von Gebäuden auf einem Hügel direkt über uns. *»Merci!«*

Wenigstens mußte ich kein Taxi nehmen. Eine kleine Straße voller Schlaglöcher führte in Serpentinen hinauf, und ich ging los. Europäisch, entschlossen. Nach ein paar Schritten allerdings fühlten sich meine Beine an, als seien sie aus Gummi, und ich keuchte, als breche die Angina pectoris, die in jedem schlummert, eben mit tödlicher Macht aus. Sterne vor den Augen. Aber irgendeine angeborene Sturheit – mein Vater war schon so gewesen – ließ mich den Kopf schütteln, als ein Auto neben mir hielt und der Fahrer mich mitnehmen wollte. *»Comme vous voulez«,* sagte er. *»A tout à l'heure!«* Zu spät, nämlich als das Auto davonfuhr, sah ich, daß es ein Firmenwagen der *Anselme Kisangani* war, ein Wellblech-Citroën mit einem biertrinkenden Kaffer im Kolonialstil hintendrauf. Nun denn. Irgendwie kam ich auch so zum Fabriktor. Ging schweißgebadet hindurch, ohne daß mich jemand aufhielt. Holzbaracken, hinter ihnen ein größeres, mehrstöckiges Gebäude und ein Silo. Noch weiter hinten ein ockerfarbenes Wohnhaus mit einem Balkon im ersten Stock. Blaue Blumen in grün bemalten Kästen. Ganz am Ende des Geländes stand der Citroën, und sein Chauffeur lud einen Korb voller Früchte und Flaschen aus. Er winkte und verschwand hinter dem ockerfarbenen Haus. Sonst war keine Menschenseele zu sehen. Feierabend, alle schon zu Hause.

Ich wollte eben aufgeben und in die Stadt zurückgehen, als die Tür einer der Baracken aufging und eine Frau ins Freie trat. Sie war jung, etwa fünfundzwanzig, eine Schwarze, und weinte. Die Tränen rannen nur so ihre Wangen hinab. Sie trug ein dunkelrotes Kleid mit einem regelrechten Dekolleté, so was wie ein Abendkleid, und eine vielfach geschlungene Kette aus farbigen Fruchthülsen. An beiden Armen hatte sie Schmuckringe bis hinauf zu den Schultern. Sie sah überwältigend aus.

»Guten Abend«, sagte sie in dem perfekten Französisch, das offenbar, wenn ich vom Hafenangestellten absah, alle Bewohner von Zaire sprachen. Sie wischte sich die Tränen weg. »Kann ich Ihnen helfen?«

Meine Beine versagten endgültig, und ich sank, eher Glück als Absicht, auf ein Bierfaß. Ich schwitzte. »Ich bin die Hitze noch nicht gewöhnt«, keuchte ich.

»Man gewöhnt sich nie an die Hitze«, sagte sie, makellos vor mir stehend. Einzig ein feiner schwarzer Strich rann aus einem ihrer Augen nach unten; die von ihren Tränen mitgeschwemmte Wimperntusche. »Keiner. Sie sollten einmal in mein Büro kommen. Eine Hölle. Ich wollte eben etwas Luft schnappen. Ich mache die Buchhaltung der Brauerei.«

Sie sah wie eine Prinzessin aus, oder noch eher wie die Favoritin oder Lieblingstochter des Staatspräsidenten. Nicht wie eine Buchhalterin. Ich sagte ihr das. Sie antwortete, an einem Tag wie diesem – fünfzig Grad Hitze, kein Wind, Millionen Mücken – sei es lebenswichtig, sorgfältig auf sein Äußeres zu achten. Alles ein bißchen zu übertreiben. Etwas zuviel Schmuck, ein Kleid, das ein klein wenig *overdressed* wirken mochte, einen Hauch zuviel Wimperntusche. Andere, die sich aufs immergleiche T-Shirt und ihre Jeans beschränkten und nicht einmal der Unterwäsche irgendeine Aufmerksamkeit widmeten, drehten plötzlich durch und stürzten sich in die Fälle. Kürzlich sei wieder eine Frau hineingesprungen. Sie brach erneut in Tränen aus.

»Kummer?« sagte ich.

Sie schüttelte den Kopf und trocknete ihre Tränen ein zweites Mal. Dann lächelte sie sogar.

»Ich suche einen Mann«, sagte ich. »Eigentlich einen Mann und eine Frau. Zwei Weiße.«

»Hier gibt es keine Weißen.«

»Der Mann ist der Direktor der Brauerei.«

»Ah ja?« sagte die Frau. »Zufällig ist der Direktor der Brauerei mein Vater. Und er ist so schwarz wie jedermann.«

Ich schluckte und versuchte aufzustehen. »Aber was um Himmels willen ist aus dem alten Direktor geworden?« Ich sah immer noch Sterne, aber ich konnte mich auf den Beinen halten. »Dem weißen? Er hieß Willy.«

»Mein Vater heißt Willy. Er ist der Direktor der *Anselme Kisangani* seit 1957. Sie entschuldigen mich. Meine Arbeit ruft. Wiedersehen.«

Sie ging zur Baracke zurück. Sie war, so wie sie sich bewegte, fast so hinreißend wie Schwester Anne, als ich sie zum ersten Mal gesehen hatte. Ja, wenn Anne schwarz gewesen wäre und Kraushaare statt einer blonden Mähne gehabt hätte: So hätte sie ausgesehen. Eine Königin. Zwar hielt die Frau keinen Wasserkrug auf dem Kopf, aber sie schritt, als trüge sie einen. Als sie ihren rechten Fuß auf die unterste Stufe der kleinen Holztreppe setzte, die zu ihrer Bürotür hochführte, rief ich: »Und Ihre Mutter? Wie heißt die?«

»Sophie.« Sie drehte sich nach mir um. »Dort wohnen wir.«

Die Tür fiel ins Schloß. Dort, das war das ockerfarbene Haus, das eher an Siena oder an San Giminiano als an den Kongo erinnerte. Herrgott, dachte ich in einem immer größer werdenden Schrecken: die Schwarzen hier, im Verlauf irgendwelcher Stammeskämpfe, haben Willy und Sophie umgebracht und zwei Usurpatoren mit ihren Namen an ihre Stelle gesetzt. Nun gehörte ihnen die Brauerei. Darum, klar, überwiesen sie Anselm kein Geld mehr. Willy und Sophie steckten auf Pfählen im Wald. Und seither warteten die neuen Herren gelassen, ob einer aus Europa so blöd sei, hierherzukommen. In den Urwald, in die Hitze, in ihre Welt, in der es kein Recht gab, oder nur ihres. Der, der schneller tötete, war der Herr. Ich war offenkundig dieser Blöde. Ich saß in der Falle. Ich stand auf diesem staubigen Platz zwischen den Brauereibaracken, im Getöse der Stanley-Fälle, und hatte plötzlich das Gefühl, daß mich aus allen Fenstern schwarze Augen anstarrten. Augen von Schwarzen, meine ich. Tatsächlich stand die schöne Tochter hinter dem spiegelnden Glas ihres Büros und deutete zum Haus hinüber. Dort warteten meine Mörder, vermutlich. Ich winkte. Ich hatte keine Lust, mir den Penis abschneiden zu lassen und vielleicht auch die Zunge. Beide Ohren und die Nase. Trotzdem aber trottete ich auf das ockerfarbene Haus zu. Ich hing an der Leine meines Schicksals, und dieses zerrte mich vorwärts, ob mir das nun gefiel oder nicht.

Eine steile Treppe führte zum Balkon im ersten Stock, wo der Eingang war. Ich klopfte zuerst zaghaft, dann immer heftiger. Nichts. Als sei das Haus ausgestorben. Ich wollte wieder gehen und drückte, zufällig, gegen die Tür, und natürlich ging sie sofort auf. Zögernd, witternd trat ich in einen düstern Raum, in dem ein paar Stühle standen. Schuhe, Stiefel, eine Holztruhe. In einer Ecke eine alte Schreibmaschine. An einer Wand, an einem Haken, ein verstaubter Tropenhelm. Sonst nur noch ein europäisch aussehender Besen.

»Hallo!« rief ich. »Jemand zu Hause?«

Das Schweigen war vollkommen. Nicht einmal die Außenwelt antwortete, in der doch sonst immer Affen schrien und Autos hupten. Sogar der Wasserfall war unhörbar. Ich öffnete die erste der beiden Türen, die es in dem Raum gab, und sah in eine Küche hinein. Töpfe, ein Herd, Teller, ein Spülstein. Ein Putzlappen, auf dem ein Funktelefon lag. Ein Korb mit Früchten. Knollige Gemüse, irgendwelche Wurzeln. Bierflaschen in einem Wasserkübel. Ich schloß die Tür wieder und öffnete die andere.

Ein Schlafzimmer. Jedenfalls stand ein breites Bett mit dunkelblauen Leintüchern mitten im Raum. Ein Schrank, der Frauenkleider enthielt. Die Sonne glühte durch ein großes Fenster in mein Gesicht, auf die Möbel, die Wände. Auf den weißen Verputz waren unzählige Fotos gepinnt. Eine wahre Fotoausstellung. Ich kramte die Brille hervor und sah gleich als ersten Willy, den kleinen Willy, wie er mit seinem Vater im Garten kauerte und an einer Nescafé-Büchse herumhantierte. Beide hatten noch alle Finger. Vielleicht war das just die Unheilsbüchse, die sie da so heiter ansahen? Daneben Willys Mutter in einem Opernkostüm, als Königin der Nacht verkleidet vermutlich. Willys Vater auf einem Berggipfel. Dann Willy im Dschungel, erwachsen, aber immer noch jung. Er trug den Tropenhelm, den ich im Vorraum gesehen hatte, und lehnte gegen einen Baum, dessen Stamm das ganze Bild füllte. Auf einem andern Bild hatte er einen Schnurrbart und herzte die entsetzliche Albinodogge. Dann Sophie! Sie stand, wunderhübsch, in einem geblümten Kleid, das ich nicht kannte, an der Reling eines Schiffs, das ich sehr wohl zu erkennen glaubte – die *Perle des Afriques* nämlich –, und sah ernst aufs Wasser hinaus. Auf einem andern Foto saß sie lachend auf einem Baumstrunk und hielt eine Bierflasche in der Hand. – Dann noch viele Fotos von Menschen, von denen ich nichts wußte. Alles Schwarze. Die meisten Bilder zeigten eine Frau, die dichte Kraushaare hatte. Zierlich, nicht eigentlich schön. Auf einem Bild trug sie das geblümte Kleid von Sophie und hatte ein kleines Mädchen an der Hand. Die schöne Buchhalterin als Kind, eindeutig. Diese war auch auf den andern Bildern, mehrmals mit einem schwarzen Köter, einer üblen Promenadenmischung, die sie umarmte. Nahe beim Fenster entdeckte ich sogar mich! Ich stand vor dem »Nord-Süd« und schnitt eine Grimasse. Ich wußte, wer das Foto gemacht hatte.

»Guten Abend!«

Ich drehte mich um, zu Tode erschrocken. Ein riesiger Schatten, der sich, als ich die Brille von der Nase riß, in eine Frau verwandelte, eine Schwarze, die in der offenen Tür stand. Sie war etwa so alt wie ich, hatte eine Schürze umgebunden und glühte im Licht der untergehenden Sonne. Die Frau, die auf den meisten der Fotos zu sehen war! Die, die Sophies Blumenkleid trug! Die Mutter der Buchhalterin! Obwohl ich keine Waffe in ihren Händen sah, kein Buschmesser und keinen Revolver, wurden meine Beine wieder so schwach wie zuvor.

»Verzeihen Sie!« krächzte ich. »Die Tür war offen. Und da dachte ich –«

Das Zimmer brannte im Tropensonnenabendlicht. Die Frau, eine lodernde Schönheit, stand bewegungslos. Ich dachte, daß ich vielleicht fliehen könnte, aber sie stand unter der Tür, und bis ich das Fenster in meinem Rücken offen hatte, um über die Terrasse zu entkommen, war gewiß der ganze Raum voll mit Helfershelfern, die mich knebelten. So hob ich hilflos die Arme. Auf der Wand vor mir tat mein Schatten dasselbe und schien den ihren umarmen zu wollen.

»Ich bin im Auftrag von Herrn Anselm Schmirhahn hier«, stammelte ich. »Ich suche den Direktor der *Société de Brasserie Anselme Kisangani*. Man hat mich hierherverwiesen.«

»Er ist nicht hier.«

Sie sprach französisch, in der Art der Eingeborenen. Jenes weiche Singen, ohne Konsonanten, alles in allem. Der Klang ihrer Stimme erregte mich. Wo hatte ich schon einmal so eine Stimme gehört?

»Und Sie sind seine Frau?«

Sie nickte.

»Ihre Tochter hat mir gesagt, ich soll hierherkommen. In Ihre Wohnung.«

»Saba. Ach so.«

Wieder schwieg sie. Ich stand da und starrte sie an. Ich wollte, wie auch immer, heil aus diesem Zimmer kommen. Mußte ich auch schweigen, oder reizte ich sie noch mehr, wenn ich es tat?

»Eigentlich suche ich den ursprünglichen Direktor«, sagte ich. »Den weißen. Er hieß Willy. Und er hatte eine Frau. Sophie. Sie war mit ihm gegangen, obwohl ich gedacht hatte, sie sei *meine* Frau.«

»Kuno!« sagte die Frau und bewegte sich zum ersten Mal.

Ich erschrak noch viel mehr als zuvor und wich so schnell zurück, daß ich gegen die Bettkante stieß und auf die Matratze fiel. Die Brille glitt mir aus den Händen. Ich saß da und sah, wie sie näher kam.

»Dein Bart«, sagte sie, als sie vor mir stand. »Er steht dir nicht.«

»Bart?« rief ich und faßte an mein Kinn. Tatsächlich: Ich war voller struppiger Stoppeln. »Mein Rasierzeug ist vom Zoll konfisziert worden. – Warum duzen Sie mich?«

Sie ließ ihre Schürze fallen, beugte sich zu mir herunter und küßte mich. Sie tat es so leidenschaftlich, daß ich nach hinten kippte und sie auf mir lag. Eine so zarte Person, mit kleinen Brüsten, schmalen Hüften, war so kraftvoll! Wir wälzten uns küssend. Irgend etwas stach mich in den Rücken, etwas Spitzes, das ich gleich wieder vergaß. Sie umschlang mich mit ihren Armen und Beinen, und ich wehrte mich nicht. Im Gegenteil, ich preßte mich – meine Kleider waren von mir abgefallen – mit der gleichen Kraft in sie, besinnungslos. Auch sie stöhnte. Verdoppelte ihre Küsse. Dauerte es eine Sekunde oder eine Stunde, bis die Flutwellen der Ekstase über uns zusammenschlugen? Jedenfalls taten sie das, und wir tobten brüllend auf der Matratze herum. Die Möbel tanzten. Unser Lärm war gewiß auf dem ganzen Brauereiareal und vielleicht bis tief in den Dschungel zu hören.

Als die Frau ihren Mund von meinem löste, als ich neben sie sank, war die Sonne untergegangen, der Himmel voller Sterne, und nur ein bläßliches Licht, das von einer Laterne im Hof draußen stammte, erhellte das Zimmer. Ich brach in Tränen aus. Die Frau lag, den Kopf auf eine Hand gestützt, neben mir und betrachtete mich. Zwischen uns lag meine Brille, in tausend Teile zerbrochen.

»Ich bin sonst nicht so«, flüsterte ich, als ich mich beruhigt und die Tränen weggewischt hatte. »Ich weiß nicht, wie das geschehen konnte.«

»Ich bin Sophie«, sagte sie.

Ich starrte sie an. Ich wollte vielleicht etwas antworten, kam aber nicht dazu, denn die Tür öffnete sich schon wieder, helle Halogenlampen an der Decke oben leuchteten auf, und vor uns stand ein riesenhaftes zottiges Monster in Löwenfellen und Affenhaut, mit Katzenpfoten und Stierhodensäcken behangen, ein Dämon mit einer furchterregenden Fratze und Haaren wie Feuer. Der Dschungelgeist stieß hohle Geräusche aus und hielt ein mannshohes Schwert in der linken Hand. Ich konnte nicht anders, ich stieß einen lauten Schreckensschrei aus; war dann allerdings unfähig, eine weitere Bewegung zu machen, und lag erstarrt auf dem Rücken. Der Dämon tanzte vor mir, Beschwörungen heulend. Die Frau neben mir setzte sich auf.

»Hör mit dem Blödsinn auf«, sagte sie. »Du mußt erst morgen in den Urwald.«

Das Monster brüllte noch einmal auf – es klang furchterregend –, faßte mit seiner freien Hand an den Schädel und hob ihn ab. Ein zwar ebenso schwarzes, aber viel kleineres und auch nicht *so* scheußliches Gesicht kam zum Vorschein, runde blitzende Augen und weiße Zähne. Die Maske, die nun in der rechten Hand dieses merkwürdigen Dämons baumelte, starrte mich unverändert rachsüchtig an.

»Besuch?« sagte der Mann.

»Wie du siehst.«

»Was heißt hier sehen? Man hört euch bis zu den Quellen des Nils.«

»Ich hatte ihm vor siebenunddreißig Jahren eine Frage gestellt.« Die Frau gab mir einen freundschaftlichen Klaps auf die Hände, die ich, wie im Gebet, über mein Gemächte gelegt hatte. »Er hat mir heute die Antwort gegeben.« Sie saß mit gespreizten Beinen da, heiter und ohne jede Scham vor dem Eindringling. »Und es war die richtige.«

»Hallo Kuno«, sagte das Monster und warf mir die Maske zu, so daß ich sie fangen mußte. Sie war nun dicht vor meinen Augen, riesengroß. »Erkennst du deinen Willy nicht mehr?«

Der Zauberbann, der mich bewegungslos gemacht hatte, fiel von mir ab. Ich warf die Maske auf den Boden, sprang vom Bett auf und stellte mich dicht vor diesen grinsenden Kerl in seinem Fastnachtskostüm. Ich verstand. Natürlich war auch das eine Falle! Ein Teil des Komplotts. Dieser Mensch da vor mir, dessen Haut noch schwärzer als seine Maske war – und die war aus Ebenholz –, hatte Sophie auf dem Gewissen, meine Sophie, und wohl auch den armen Willy. Jetzt kam ich dran. Seine Frau und er waren bereits dabei, mich auszuweiden. Sie gönnte sich zuerst ein Liebestoben, und er schlachtete mich

dann ab. Die Eifersucht machte ihn gewiß noch grausamer. Er hatte uns gehört, alle unsre Schreie! Vielleicht half sie ihm ja beim Metzeln, schrie dann noch orgiastischer, noch wilder! Das Schwert stand jedenfalls bereit. Wahrscheinlich fraßen sie mich nachher. Ja, offenkundig hatten sie mich erwartet und das Obst und Gemüse, das ich in der Küche gesehen hatte, rechtzeitig auf dem Markt eingekauft. Als Beilage. Ich starrte diesen falschen Willy so wütend an, daß ich keine Angst mehr verspürte. Hier war ich, ihr stolzes Opfer! Was für eine Frechheit, sich auch Willy zu nennen!

»Willy war weiß!« rief ich. »Und Sophie war noch viel weißer! Was haben Sie mit den beiden getan? In den Urwald verschleppt und auf Pfähle gespießt?«

»Nein«, sagte der Mann.

Ich war jetzt so sehr in Fahrt, daß ich das verkleidete Ungeheuer an seinen Fellen packte, an einer baumelnden Löwentatze. »Umgebracht haben Sie sie! Sophie haben Sie vergewaltigt, und dem armen Willy – «

»Was?« sagte der Mann, weil ich innehielt. »Was habe ich?« Er stand so dicht vor mir, daß ich seinen Atem roch. Bier?

»Du weißt genau, was die Weißen denken«, sagte die Frau, die nun auch stand und sich die Schürze umband. »Den Schwanz abgeschnitten hast du ihm.«

»War es etwa nicht so?« japste ich.

»Nein«, sagte sie.

Sie ging aus dem Zimmer. Der Mann, das Monster, drehte sich auf dem Absatz um und folgte ihr. Ich suchte meine auf dem Fußboden verstreuten Kleider zusammen und zog mich an. Die Brille, ein jämmerliches Getrümmer, warf ich in einen Papierkorb. Jetzt konnte ich nichts mehr lesen, nur noch Fettgedrucktes. Von draußen her hörte ich das Klappern von Geschirr. Als ich in den Vorraum trat, saßen die Frau, der Mann und Saba, die schöne Tochter, an einem reichgedeckten Tisch. Weiß der Teufel, wo sie den plötzlich herhatten. Kein Halogenlicht diesmal. Vier dicke Kerzen brannten in geschnitzten und farbig bemalten Holzständern. Der Mann hatte sein Dämonenkostüm ausgezogen – es hing wie ein totes Tier über einem Stuhl – und hockte in einem weißen Netzhemd und blauen Kickhosen da. Die Frau trug noch immer die

Schürze, die, jetzt, wo ich sie von hinten sah, Rücken und Hintern freiließ und mit einer großen Schleife zusammengebunden war. Saba war nicht mehr verweint und sah nach wie vor aus, als breche sie gleich zu einer Abendgesellschaft auf. Sie lächelte mir freundlich zu. Während ich mich setzte, kam ein Mann mit einer dampfenden Schüssel aus der Küche, ein schwarzer Koch mit einer blitzendweißen Mütze, der mich wie einen alten Freund anstrahlte und in dem ich den Fahrer des Citroën wiedererkannte. »*Je vous ai dit qu'on se reverrait!*« sagte er und lachte. In Zaire lacht man viel, gerade auch, wenn man drauf und dran ist, jemanden zu töten.

Obwohl mein Tod nicht mehr fern sein konnte, hatte ich Hunger. Die Miniatursandwichs des Interconti hatten mich nicht gesättigt. Ich lud mir den Teller voll und aß mit einem wahren Heißhunger. Fremdartige Gemüse, die wunderbar schmeckten. Jene Knollen, die jetzt weichgekocht und mit einem roten Gewürz bestreut waren. Das Fleisch allerdings, das in der Schüssel dampfte, lehnte ich ab. Mir war nicht nach Fleisch.

»Das ist unser Osterbock«, sagte der Mann, holte eine Bierflasche unterm Tisch hervor, öffnete ihren Bügel und schenkte mir ein. »Kriegen nur besonders liebe Gäste.«

Er prostete mir zu. Auch die Frau und die Tochter tranken. Ich hob das Glas und versuchte einen Schluck. Ein ungewohnter Geschmack, seltsam, aber gut. Und ich wußte nun auch, wonach das Monstrum stank, wenn man ihm zu nahe kam. *Anselme Bock. Bière Spéciale.* Durch die offene Küchentür sah ich, daß auch der Koch, an seinem Tisch sitzend, ein Osterbock zum Mund hob. Er prostete mir mit seinem Glas zu. Ich nickte. Über mir, an der Decke, drehte sich ein Ventilator. Die Kerzen flackerten und tauchten uns in ein Licht wie auf alten Bildern. Es war still, wenn ich vom Geklapper unsrer Gabeln und Messer, ein paar sehr fernen Trommeln und dem Rauschen der Fälle absah.

»Sie können nicht Willy sein«, sagte ich, diesmal ruhig. »Und Sie nicht Sophie. Es ist einfach nicht möglich.«

»Schau mal!« Der Mann schob seine rechte Hand über den Tisch. Er hatte nur noch zwei Finger! »Weißt du nicht mehr, mein Papa?« Er spielte mit seiner verstümmelten Hand auf einer imaginären Geige und pfiff dazu die Frühlingssonate in der Version des alten Willy.

»Am letzten Abend hast du Willy in meinem Garten erwischt«, sagte die Frau in einem Ton, als führe sie die Argumente ihres Mannes weiter. »Als ich den toten Hund gefunden hatte. Weißt du, was vorher passiert war?«

Ich sagte nichts, sah sie aber mit großen Augen an.

»Willy war durch mein Fenster gestiegen und hatte mich gefragt, ob ich seine Frau werden wollte. Ich hatte nein gesagt.«

»Sie wollte dich«, sagte der Mann, der Willy zu sein behauptete. »Ich ließ nicht locker, wollte sie wohl auch küssen, und sie schlug mir ein blaues Auge. Sie fuhr zu dir und warf sich in deine Arme. Aber du hast dann wieder einmal alles versiebt.«

»Ich wollte Kuno«, sagte die falsche Sophie. »Ich kriegte Willy. Heute bin ich froh darüber.«

Saba, die schöne Tochter, sah zwischen den beiden hin und her. »Das habt ihr mir nie erzählt«, murmelte sie. »Daß Mama einen andern wollte.«

»Jede Frau will irgendwann einmal einen andern.« Die seltsame Sophie legte, quer über den Tisch, eine Hand auf die ihrer Tochter. »Denk mal drüber nach.«

Saba fuhr in die Höhe. Tränen stürzten aus ihren Augen. Sie stand zitternd da und fauchte dann: »Kümmere dich um deinen eigenen Mist!« Sie fegte zur Tür und schlug sie hinter sich zu. Ich hörte, wie sie die Holztreppe draußen hinunterpolterte und über den Hof davonrannte.

»Mußte das sein«, brummte der Mann.

»Nein«, sagte sie. »Tut mir leid.«

Ich hatte dem Hin und Her zugehört, dieser mehr als unglaublichen Geschichte. Die beiden Schwarzen da vor mir, mit ihren magischen Traditionen und ihrem Voodoo, mochten sich ihre Morde ja tatsächlich so zurechtgelegt haben, daß sie sich heute als die Ermordeten fühlten. Ihre Opfer zu sein glaubten. So daß die Frau Sophies Kleider trug und mich in ihrem Namen vergewaltigte. Und der Mann, dieses Monster, war so weit gegangen, sich die gleichen drei Finger wie Willy zu amputieren.

»Diese Informationen habt ihr von Willy und Sophie!« sagte ich, kühl wie ein Staatsanwalt. »Wir in der Schweiz kennen keine Folter. Wenn man einen Schweizer in ein Faß voller Giftschlangen tunkt, gesteht er alles.«

Sie starrten mich an. Stumm. Wechselten Blicke. Ihre Münder standen weit offen. Auch der Koch, der gerade die Teller einsammelte, glotzte. Dann begann der Mann – ein Schwarzer im Herzen Afrikas! – Schweizerdeutsch zu sprechen. *Züritüütsch!* Als sei er aus Witikon, hundertprozentig. Er hatte alle Sprüche meines Willy drauf. Er konnte sogar wie Anselm reden, in dessen Zünftler-Tonfall, der jedem sagte, daß er nicht von den Zinsen, sondern von den Zinseszinsen seines Kapitals lebte. Der merkwürdige Willy geriet regelrecht in Fahrt und hätte noch lange so weiterschwadroniert, wenn nicht seine Frau – schwarz, mit einer Kraushaarmähne und Wulstlippen! – den Sechseläutenmarsch zu singen begonnen hätte.

Ich zitterte. Grauen, regelrechtes Grauen erfüllte mich. Gab es Hexenmeister, Zaubermittel, die diesen Mördern ein so genaues Wissen vermittelten? Ich schüttelte den Kopf, nein, mein Kopf schüttelte sich selber. »Nein!« schrie es aus mir heraus. »Nein!«

»Wir wissen nicht, warum wir schwarz wurden«, sagte die, die Sophie zu sein behauptete. »Wir waren es plötzlich. Irgendwann in den sechziger Jahren. Es ist jedenfalls nichts Oberflächliches. Keine Pigmentveränderung, durch die Sonne etwa. Unsre Tochter kam schwarz zur Welt.«

Wie von Geisterhand ging die Tür auf. Niemand kam herein. Nur das Wassertosen war deutlicher zu hören, und das ferne Trommeln, das jetzt von Heulen und Kreischen begleitet war. Als ich allerdings den Blick senkte, sah ich einen Hund. Eine nicht viel mehr als dackelgroße Promenadenmischung, die den Schädel einer Dogge hatte. Sie war schwarz.

»Da!« sagte der verlogene Willy. »Sogar der Hund!«

»Sie wollen doch nicht sagen« – der Hund beschnüffelte mich, und ich tätschelte seinen widerlichen Kopf –, »daß das Ihre Albinodogge von damals ist!«

»Ihr Urenkel«, sagte Willy. »Pascha« – genau so hatte das Vieh geheißen, dessen Nachfahre diese Mißgeburt zwischen meinen Beinen sein sollte – »wurde sogar noch vor uns schwarz.«

»Nein«, murmelte ich wieder. »Nein!« Vielleicht schrie es nochmals aus mir. Der Raum wirbelte um mich herum, oder ich drehte mich in ihm. Ich hielt mich an der Tischkante fest und schloß die Augen.

»Am Anfang gerieten wir ziemlich in Panik«, hörte ich die Frau sagen, von sehr fern. »Dann gewöhnten wir uns an unser neues Aussehen. Und endlich waren wir regelrecht glücklich darüber.«

Ich öffnete die Augen. Tische, Stühle, auch die Frau neben mir blieben wieder halbwegs stabil an ihrem Ort. Sie stand auf und schloß die Tür. Türen öffnen, das konnte der Hund. Sie zumachen, das wollte er wohl nicht können. Ich keuchte und schwitzte. Der Mann prostete mir zu. Wir tranken. Ein großer Nachtfalter verbrannte in den Flammen der Kerzen. Wir schwiegen und lauschten den Geräuschen des Hauses, die hauptsächlich die tiefen, langen Atemzüge des Kochs waren. Er hatte seinen Kopf auf den Küchentisch gelegt und schlief. »Gehen wir auch schlafen«, sagte Sophie, die nicht Sophie sein konnte.

»Saba hat einen Freund«, sagte ihr Mann. »Vor ein paar Tagen hat sich seine Frau in die Fälle gestürzt. Sie hatte es nicht mehr ertragen, ihren Mann zu teilen. Der klopft jetzt Tag und Nacht an Sabas Tür. Aber sie macht ihm nicht auf. Sie hatte nicht gewußt, daß er noch eine Frau hatte.«

Er blies die Kerzen aus. Es stellte sich heraus, daß er und seine Frau kein Gästebett hatten, so daß wir bald zu dritt in dem Bett lagen, das ich schon kannte. Die Frau in der Mitte. Sie löschte das Licht und faßte nach meiner Hand. Ich erwiderte den Druck. Ich war sicher, daß ihre andre Hand die ihres Mannes hielt. Der begann trotzdem fast sofort zu schnarchen. Sie brauchte etwas länger, um einzuschlafen. Aber dann lösten sich ihre Finger aus den meinen, und sie atmete tief und regelmäßig. Ich sah zur Decke hoch, auf die Schatten von Insekten, die draußen um die Hoflaterne tanzten. Sollte ich fliehen, jetzt? Als die Morgensonne ins Zimmer leuchtete, fiel ich in einen traumlosen Schlaf.

DAS ZIMMER war taghell, als ich aufwachte. Ich war allein. Vor dem Fenster rollten Arbeiter Fässer über den Hof. Ich zog mich an und ging in die Küche hinüber. Wusch mich mit dem bißchen Wasser, das aus dem Hahn tropfte. Am Knauf des Fensters hing ein Spiegel mit einem zersprungenen Glas, und ich sah, wenn auch in zwei Hälften geteilt, mein Gesicht: mein Bart sproß wild und war weiß! Im Vorraum rief ich: »Sophie?« Keine Antwort. Also nahm ich eine Banane aus dem Korb und ging in den Hof hinunter. Der Mann, der Willy sein wollte, stand in der prallen Sonne und redete auf einen zwergenkleinen Mann ein. Ich stand da, im Schatten der Hausmauer, und sah ihn an. Ein Fremder, dieser Willy. Aber ich mußte sein Spiel mitspielen, wenn ich überleben wollte. Ich trat in die Sonne hinaus. Willy sah mich und kam zu mir herüber.

»Ich brauche dich!« rief er.

»Ja?« Ich biß in die Banane.

Er nahm mich beim Arm und führte mich unter das Blättervordach eines Holzschuppens. Von innen her hörte ich dumpfes Grollen. Stimmen. Wir setzten uns auf zwei Metallfässer, die, obwohl sie im Schatten standen, so glühten, daß ich gleich wieder aufstand. Willy blieb sitzen.

»Mein Groß-Wesir ist krank«, sagte er. »Malaria, Typhus, Pocken, weiß der Teufel. Die Leute sterben hier wie die Fliegen. Gestern schon hat es einen meiner Träger erwischt. Aber ihn habe ich ersetzen können. Ich muß zum Königstreffen. Ohne Groß-Wesir bin ich aufgeschmissen.«

»Was ist ein Königstreffen? Und was ein Groß-Wesir?« Ich hatte noch nichts von den Begegnungen der großmächtigen Herrscher des Dschungels gehört. Ich verstand kein Wort.

»Einmal im Jahr treffen sich die Chefs der mächtigsten Stämme. Seit es eine Erinnerung hier im Kongo gibt. Jedes Machtgebiet ist einmal der Veranstalter. Der Ort ist streng geheim und wird durch Boten übermittelt, die monatelang auf Urwaldpfaden von einem Stammesfürsten zum andern eilen. Oder per Fax, falls das mal funktioniert. Diesmal ist das Treffen auf meinem Gebiet. Flußabwärts, ein Katzensprung. Zudem darf der Gastgeber als letzter eintreffen. Der Herrscher vom Oberlauf des Lualaba zum Beispiel, was meinst du, wie lang der unterwegs ist!«

Ich nickte. Der Gnom, der bis jetzt unbeweglich in der Sonne gestanden hatte, setzte sich plötzlich in Bewegung und ging in den Schuppen. Er würdigte mich keines Blickes.

»Früher waren die Treffen eine Sache auf Leben und Tod«, fuhr Willy fort. »Heute sind sie mehr ein Ritual. Machtabgrenzung. Sozialkontakte auch. Ein bißchen vulgärer Handel sogar am Rande der Konferenz. Obwohl. Ein paar Könige haben sehr gewalttätige Fetische.«

»Du bist doch kein König.«

»Man wird eingeladen, wenn man so viel Macht angesammelt hat, daß man weder zu ignorieren noch mit ein paar Schüssen aus dem Hinterhalt zu erledigen ist. Es ist eine hohe Ehre, der du dich nicht entziehen kannst. Eingeladen werden und *nicht* hingehen, das wäre wirklich dein Ende. Na, da sitzt du dann mit den andern Machtvollen. Ist zuerst schon ein seltsames Gefühl. Manche sind Könige *de père en fils* seit der Schöpfung dieses mörderischen Waldparadieses. Andere, wie ich, sind Neulinge. Neu-Mächtige. Deine Fetische kämpfen mit den ihren. Wenn sie sich gut halten, können die Könige regelrecht freundschaftlich sein, danach. Sonst: Manche sind zwar nach Hause gekehrt und haben dennoch das Jahresende nicht erlebt. Seltsame Krankheiten befielen sie, oder sie verschwanden spurlos. Beim Königstreffen gibt es keine Kämpfe, keine Raufereien, außer unterm Fußvolk, wenn sie gesoffen haben. Vor einem Jahr haben sich zwei Zeremonienmeister verdroschen, aber das ist die Ausnahme. Die Könige kämpfen mit der Schönheit ihres Auftretens, der Macht ihrer Argumente, ihrem Hofstaat, der die andern beeindruckt. Mit schönen Frauen. Den Krokodilen. Stattlichen Groß-Wesiren.«

Er lächelte.

»Wie hast du dich durchgesetzt?«

»Ich liefere das Bier.« Sein Lächeln, obwohl das doch komisch war, erlosch. »Ohne Bier läuft nichts. Das Bier gehört zum Ritual. Die Stammesherrscher lassen es anschreiben. Die ökonomische Katastrophe verschont kaum einen. Und die zwei oder drei, die es sich leisten könnten, zahlen auch nicht. Da bin ich fast tabu.«

»Hast du denn einen Stamm?«

»Alle Brauereiangestellten.« Er wies mit einer weiten Armbewegung auf die Gebäude rings um uns. »Ich bin nicht der einzige Chef einer Firma, der inzwischen die gleichen Rechte wie ein alteingesessener König hat. Auch die Direktoren von Toyota und Nestlé Zaire sind heute recht wichtige Dämonen.«

»Irre.« Ich lachte. »Bei dir ist man vor keiner Überraschung sicher.«

»Du sagst es.« Willy blieb ernst. »Ich kann nicht ohne Groß-Wesir gehen. Du mußt mein Groß-Wesir werden.«

»Müssen Groß-Wesire nicht schwarz sein?« rief ich. Der Schweiß brach mir aus.

»Natürlich.«

»Nimm einen von deinen Männern.« Ich wollte, mit einer ähnlich umfassenden Armbewegung, auf sie zeigen. Eben hatten noch Dutzende im Hof gearbeitet. Aber jetzt waren sie alle verschwunden. Ich ließ den Arm sinken. Das Gepolter im Schuppen war lauter geworden.

»Sie sind alle im Einsatz. Sie sind mein Hofstaat, jeder einzelne. Ich trete in voller Pracht auf.«

»Das macht mich nicht schwärzer«, sagte ich.

»Du trägst eine Maske. Niemand sieht dein Gesicht. Zudem rußen wir es ein, für alle Fälle.«

»Ich kenne doch die Rituale nicht. Die Sprache! Was, wenn einer mit mir spricht? Der merkt auf der Stelle, daß ich ein Betrüger bin, und ich bin geliefert. Und du mit mir.«

Willy schüttelte den Kopf. »Du gehst und stehst wie ein stummer Schatten hinter mir. Immer. Überall. Du guckst majestätisch. Im übrigen sprechen alle französisch. Sie verstünden sich sonst selber nicht, so verschieden sind ihre Sprachen. Laß einfach alle Konsonanten weg.«

»*Oui*«, sagte ich.

Er stand auf, klopfte mir auf die Schultern und ging in den Schuppen. Ich folgte ihm. Ich hatte keine Wahl. Ich wollte das hier überleben. Die Brauereiangestellten waren damit beschäftigt, sich in Dämonen zu verwandeln. In Monsterhelfer, Marschälle, Hofmörder, Palmenblattschwenker, Königsträger, Hofruderer, Mundschenke. Zwei Frauen zogen mich ohne weitere Umstände aus und rieben mir Ruß ins Gesicht, ohne daß ich eine Chance gehabt hätte, sie abzuwehren, selbst wenn ich's versucht hätte. Ich scherzte ein bißchen mit ihnen, so wie man das beim Arzt tut, wenn man nicht zeigen will, daß man sich doch ein paar Sorgen macht. Aber sie kümmerten sich nicht um mich. Sie steckten mich in ein schweres Kostüm, das auf der Haut kratzte und entsetzlich stank. Alter Ziegenbock. Ich war mit Zotteln und Fetischen behangen, mit toten Fröschen, Hühnerkrallen, Schlangenhäuten. Schellen und Glocken hingen wie Gürtel um mich herum. Ich schwitzte sofort Bäche. Ich kriegte eine Maske, ein tonnenschweres, fast einen Meter hohes Ding mit einem hohen Spitzhut, aus dessen Augenlöchern ich kaum mehr als die Beine der Menschen um mich herum sah. Wenn ich ihre Köpfe sehen wollte, mußte ich mich weit nach hinten beugen und sah dann wohl wie ein Monster aus, das sich davor fürchtet, der Himmel könnte auf es niederstürzen. Oben auf meiner Maske war eine mit einem dunklen Stoff bezogene Laterne befestigt. Ich konnte sie in Betrieb setzen, indem ich einen kleinen Schalter im Ärmel bediente. Batterien gab es offenbar in Willys Königreich. Seltsame Dämonensymbole wurden sichtbar.

Wir verließen das Brauereigebäude und schritten in einem gemessenen Rhythmus, den uns eine einzige Trommel vorgab, die Serpentinenstraße zum Hafen hinunter. Die übrigen Musiker des Hoforchesters trugen ihre Instrumente, ohne sie zu spielen: zwei weitere Buschtrommeln, große Bleche, die wohl gegeneinandergeschlagen werden sollten, Rasseln sowie zwei trompetenähnliche Röhren. Wir wiegten uns beim Gehen, alle gleich, als seien wir alle ein kleines bißchen betrunken. Der eine oder andere war es vielleicht auch. Die Trommel klang etwas kläglich. Ob wir kläglich aussahen, ist weniger sicher. Immerhin waren wir über hundert Dämonen. Zuvorderst schritten die Platzmacher, alerte, mit bösartigen Masken versehene Waldkobolde, die uns mit Stöcken und Macheten den Weg freischlugen. – Allerdings war weit und breit kein Mensch zu sehen. – Dann folgten etwa ein Dutzend große Krieger in ernsten Masken, alle gleich, alle mit hochmodernen Kalaschnikows bewaffnet. Die Brauereiarmee, die das ganze Jahr hindurch im Einsatz stand, ohne die Masken dann. Ihnen folgte das Hoforchester. Dann eine Gruppe Tanzender, die wild herumsprangen, völlig stumm jedoch. Dann kam Willy, König Willy, tatsächlich ein eindrucksvoller Anblick. Er stand auf den Schultern von vier Hünen, die ihre Schritte so kunstvoll aufeinander abstimmten, daß Willy zu schweben schien. Es waren drei Hünen, um genau zu sein, denn einer der vier Träger war viel kleiner als die andern. Der Gnom? Jedenfalls stand Willy ziemlich schräg. Seine linke Hand hielt Zügel, die wohl eher Halteseile waren, und in seiner Rechten war das Schwert. Über seinem Haupt ein Baldachin, der von blaubemalten Nackten getragen wurde, die einzig blutrote Masken und ebenso grelle, hochragende Penisröhren trugen. Hinter dem König ging ich. Ich tat es würdig, aufrecht, ganz für mich allein. Ich sah nur die Füße der vor mir Gehenden. Aber ich hatte einen Bananenblattwedler, der mir Schatten spendete. Direkt hinter mir ein riesiger farbloser Kasten, der von vier Männern getragen wurde, die als einzige normale Arbeitskleider trugen. Ich hatte keine Ahnung, was das war. – Am Schluß kam noch allerlei Gefolge, Ziegen, kleine Löwen, ein Krokodil, das geschleift werden mußte. Die Frauen. Sie waren in farbenprächtige Gewänder voller Symbole gekleidet, in gestickte Stoffe, *shoowas*, die alle mit den Symbolen des Clans geschmückt waren, den Schattenrissen von Bierflaschen. Sie sahen atemberaubend aus. Saba, die Tochter, ging in der ersten Reihe.

»Wo ist Sophie?« dröhnte ich aus meiner Maske heraus, als wir im Hafen angekommen waren und Willy wieder auf ebener Erde stand. Wir bestiegen eine ganze Flotte von Einbäumen, ich immer hinter meinem König.

»Unterwegs«, sagte der. Auch seine Stimme klang hohl. »Die Frauen der Chefs kommen nie mit. Sie tun etwas Geheimes, von dem wir nichts erfahren dürfen. Keine Ahnung, was. Ist eine uralte Tradition.«

Wir fuhren, immer dicht am Ufer, den Strom hinunter. Wir saßen alle würdig, als sähe uns jemand zu. Keiner sprach ein Wort. Wahrscheinlich *sah* uns jemand zu, aus den Wäldern, alle Untertanen, in Ehrfurcht verstummt. Es war wahnsinnig heiß, und ich meinte mehrmals, ohnmächtig zu werden. Willy, vor mir, hockte wie die Statue eines Gottes.

Nach ein paar Stunden legten wir an Stegen an, die wohl eigens für diesen Anlaß gebaut worden waren. Formierten uns schweigend zu unserm Zug und schritten ohne ein anderes Geräusch als die Schläge der Trommel durch eine breite Waldschneise auf eine riesige Lichtung zu, die voller Dämonen war. Wilde Monster, furchterregend, alle bewegungslos und schweigend. In der Mitte der Lichtung war ein Holzstoß aufgeschichtet. Wir gingen langsam in das Rund, das die Maskierten, die entlang dem Lichtungsrand saßen, freiließen. Wie eine Zirkusarena. Kein Laut, niemand rührte sich, obwohl tausend oder mehr Menschen dasaßen. Teufel. Unser Stamm war klein, winzig, verglichen mit andern Ungeheueransammlungen. Die Träger blieben so abrupt stehen, daß ich in den Gnom hineinprallte. Er quietschte vor Schreck und sagte etwas, das ich nicht verstand. Willy, auf seinen Schultern, schwankte wohl heftig. Voller Entsetzen erwartete ich, ihn in meinem Gesichtsfeld aufprallen zu sehen.

Aber nichts passierte. Also hob ich den Maskenkopf, mochten auch alle denken, ich fürchtete mich vor dem herabstürzenden Himmelsdach. Kein Zweifel, ich sah eine Begrüßungszeremonie. Willy, stolz auf seinen vier Männerschultern stehend, beugte sein Haupt vor dem starr sitzenden Kollegen, nicht zuviel, nicht zuwenig; und dieser tat, nach einer schieren Ewigkeit, das gleiche: nicht zu kurz, nicht zu lang. Hinter ihm stand sein Groß-Wesir. Dann schritten wir zum nächsten. Es dauerte eine Stunde, mindestens, bis wir das ganze Rund begrüßt hatten und endlich auch in unserm Geviert saßen. Das heißt, alle saßen, alle außer mir. Ich mußte weiterhin stehen, direkt hinter meinem König. Das hatte er mir nicht gesagt, daß die Groß-Wesire, und nur sie, während der ganzen Zeremoniennacht aufrecht bleiben mußten. Ich weiß nicht, was mich auf den Füßen hielt: wahrscheinlich die Angst, ich könnte ohnmächtig umkippen, und dann würden mich hilfreiche Fremde ausziehen; meine Anmaßung erkennen; und mich töten. Uns gegenüber hockte ein König, der, furchtbar genug, Willy glich. Sein Antipode. Seine Elfenbeinmaske, viel älter wohl, verlor allerdings die Haare und war schon recht kahl. Auch sein Groß-Wesir sah meiner Maskerade ähnlich. Stand wie ich. Ich wußte nicht, und ich weiß es immer noch nicht, ob auch er ein gerußtes Gesicht hatte. Wohl eher nicht. Die Sonne stand tief über den Bäumen. Wir schwiegen. Die Luft war still. Die Blätter der Baumriesen hingen unbewegt. Vor mir, im Gras, lag ein toter Vogel.

Plötzlich donnerte ein Helikopter im Tiefflug über uns hinweg, einer dieser Armeetransporter mit zwei Rotoren, die ganze Kompanien aufnehmen können. Zwei weitere, ebenso große Maschinen folgten ihm. Sie verschwanden hinter den Bäumen, immer tiefer und langsamer fliegend. Staubfahnen rasten über den Platz, und die Baumwipfel schlugen gegeneinander. Offenkundig landeten die Maschinen auf einem Landeplatz, der hinter den Bäumen verborgen war. Die Rotoren drehten aus. Wir hatten uns nicht gerührt, aber der jähe Sturm schüttelte die Federn, Amulette und Stoffetzen unserer Kostüme. Auch als der Spuk längst vorüber war, klingelten meine Schellen immer noch. Und während die Sonne ihre letzte Glut über uns ausschüttete, wurde ein Königszug sichtbar, der mir den Atem raubte. Nicht nur mir: alle schienen noch mehr zu versteinern. Es waren viele hundert Dämonen; eine ganze Armee. Gewänder wie von Dior oder Versace, ihren afrikanischen Verwandten, bauschig, gewaltig, in den wildesten Farben. Aus den teuersten Stoffen: Rohseide, *Crêpe de Chine,* handgearbeitete Spitzen. Die Tanzenden, allein sie etwa hundert Maskierte, hatten große Glocken, deren Klöppel sie mit beiden Händen festhielten. Auch hier nur das Tamtam einer einzigen Trommel, einer großen Pauke, die von einem Riesen in Gorillafellen geschlagen wurde. Im Orchester spiralförmige Hörner, Schlagrasseln, Pfeifen aus Elefantenzähnen, aber auch westliche Saxophone, die golden glänzten. Der Zeremonienmeister sah aus, als sei *er* der König. Der wirkliche König war in zottige Felle gekleidet und stand auf zwei Löwen, echten fauchenden Viechern, die von vier Dompteuren mit langen Stangen in Schach gehalten wurden. Fetische aller Art hingen an ihm. Tierschwänze, grell bemalte Hoden, Zähne, an Schnüren aufgefädelte Pilze, auch eine Zahnbürste aus rotem Plastik. Sein Clan-Symbol, das auf allen Gewändern zu sehen war, bestand aus gerillten Linien und kam mir irgendwie bekannt vor. Eine Maske, die doppelt so mächtig wie die Willys war: ein Löwenschädel, aus dessen Maul Blut troff.

Auch er machte die obligatorische Begrüßungsrunde. Neigte den Kopf, kurz, lässig. Als er bei uns ankam, schaffte ich es nicht, die Maske unten zu behalten – hätte sonst nur die Löwenpfoten gesehen –, und geriet in den Bann zweier glühender Augen, die mich durch die Löcher seiner Maske fixierten. Hatte er mein Sakrileg erkannt? Ich konnte den Blick nicht von seinem lösen. Zitterte. Aber er zeigte nicht, ein Todesurteil murmelnd, auf mich, sondern grüßte Willy mit Würde. Auch der beugte sein Haupt; nicht besonders tief! Der Schauerzug dieser sehr Großmächtigen zog weiter und ließ sich endlich in der letzten Lücke nieder, weit weg von uns. »Wieder ist er als letzter gekommen«, knurrte eine Stimme hinter mir. »Wie jedes Jahr.« – »Halt's Maul!« zischelte eine andere Stimme. Die Sonne stürzte in den Urwald, dessen Bäume vor dem brennenden Horizont schwarz standen. Die Luft wurde blau. Wind kam auf, so daß die Baumkronen rauschten und das Savannengras tanzte. Vögel schrien. Ein Affe sprang kreischend durch eine Blätterlücke und verschwand sofort wieder. Fern starb das erste Tier.

Plötzlich ein Getümmel. Zwei der Männer, die als einzige nicht zur Lichtungsmitte hin, sondern ins undurchdringliche Grün des Walds schauten, schleppten einen Mann quer über den Platz. Er war, bis auf einen Lendenschurz, unbekleidet, hielt den Kopf gesenkt und bebte vor Angst. Ich hörte sein Stöhnen und erkannte ihn: den Heizer der *Perle des Afriques*. Sein Wollfaden war zerrissen und hing, fallend beinah schon, an seinem Oberarm. Einen Augenblick lang sah ich seinen entsetzten Blick. Dann schleppten ihn die Häscher davon.

Als die Nacht das Blau der Dämmerung überwältigt hatte und ich Willys Maskenhaupt dicht vor mir kaum mehr erkannte, zündeten drei Männer mit Fackeln den Holzstoß an. Flammen loderten auf, sprühten Funken, erleuchteten die ganze Lichtung und verwandelten die immer noch bewegungslosen Monster in lodernde Statuen. Sofort allerdings, wie auf ein geheimes Signal hin, fingen alle Musiker aller Clan-Orchester auf ihren Instrumenten zu spielen an; so wahnsinnig, daß ich nicht sagen konnte, ob sie mit- oder gegeneinander musizierten. Immerhin, die Tänzer und Tänzerinnen sprangen mit Schritten, die sich oft wiederholten. Alle sangen: die Frauen am schrillsten. Nur die Könige, ihre Groß-Wesire und die Wächter blieben unbewegt.

Kein König rührte sich. Keiner sprach. Keiner schien zu hören, was rings um ihn geschah. Aber die Luft zitterte, und jeder König mit ihr. Unsichtbares geschah. Die Fetische kämpften miteinander. Blitze, seltsame Lichtschlieren eher, huschten über die Lichtung und ließen die Dämonen am gegenüberliegenden Waldrand verschwimmen. Als ob ich sie durch feuerglühendes Wasser betrachtete. Schreie, die aus dem Himmel stürzten. Die Schatten der Tanzenden auf der Waldwand, als sprängen dort Titanen. Willy, vor mir, schien zu schweben. Er keuchte. Plötzlich schwankte sein Antipode, kippte um und mußte von seinem Groß-Wesir und dem Zeremonienmeister gestützt werden. Sein Fetisch hatte wohl etwas abgekriegt. Willy hockte wieder auf dem Boden. Alle im Rund stöhnten auf.

Der Kasten in meinem Rücken flammte auf. Er war eine Laterne, die von innen beleuchtet wurde und Dämonenfratzen, Silhouetten tanzender Frauen und das Clan-Symbol zeigte. Auch anderswo leuchteten jetzt plötzlich Laternen. Allerdings nicht alle. War eine tote Laterne ein Zeichen der Schwäche, oder konnte sich ihr Herrscher einfach weder Kerzen noch Batterien leisten? Ich jedenfalls drückte auf den Schalter in meinem Ärmel. Nun hatte ich auch ein Dämonenlicht auf dem Kopf.

Es gab keine Zeit mehr. Ich sah und hörte nichts mehr. Oder wie durch eine Glaswand, als beträfe es mich nicht. Ein Teil dieses Kults zu sein wäre zu furchtbar gewesen. Alle um mich herum gerieten in ein wahres Delirium. Waren besessen, schienen verhext. Frauen wälzten sich kreischend am Boden, mit gespreizten Beinen, während ekstatische Männer über ihnen standen und ihre bemalten Penisröhren im Rhythmus ihrer Gesänge in die Luft stießen. Andere tanzten heulend und kratzten sich mit spitzen Stöcken blutig. Ja, der Wald selber schien zu tanzen und zu toben. So erschrak ich regelrecht, als, wie verabredet, alle gleichzeitig mit ihrem Lärmen innehielten. Die Tänzer blieben in den wildesten Verrenkungen erstarrt. Die Welt stand still, und ich hörte jäh mein tosendes Herz. Der Augenblick genügte, daß einer der Könige, ein unscheinbarer, der ganz nahe bei uns saß, sich mit einer jovialen Handbewegung an seine Kollegen wenden und sagen konnte: *»Une bonne bière, ça ne serait pas mal, hein?«* Seine Stimme dröhnte.

Die Tänzer und Musiker zogen die Masken aus und ließen sich ins Gras fallen. Nun lachten und schwatzten sie. Auch die Könige hoben die Masken weg und standen auf. Dehnten und reckten sich. Ich mußte plötzlich dringend pinkeln, schob meine Maske wie einen Hut über die Stirn und ging zum Waldrand. Fast sofort standen zwei andere Monster neben mir. Ich pißte wie ein Pferd, meinen Penis mit der Hand verbergend.

»Ça fait du bien!« sagte der Dämon links von mir.

»Oui«, antwortete ich, zog meine Maske ins Gesicht und ging zu Willy zurück.

Der hockte zwischen dem König, der das erlösende Wort gesagt hatte, einem älteren Herrn mit einem freundlichen Gesicht, der ein Kostüm voller präparierter Affenschädel trug, und einem jungen Herrscher, der völlig gelb gekleidet war. Gewand, Fetische, die Maske: alles gelb. Alle drei schoben sich Fleischstücke in den Mund, die sie mit den Händen aus einem großen, dampfenden Topf holten. Neben ihnen standen drei große Humpen Bier. Ich hockte mich hinter sie und kriegte sofort meinen Topf und mein Getränk. Ich war ein wichtiger Mann und hatte eine eigene Bedienerin mit einem sorgsam geklöppelten Rocksaum und staubigen Füßen. Alle Könige hoben ihre Humpen und riefen etwas, das wie ein wildes Kriegsgeheul klang, vermutlich aber *A votre*

santé! hieß. Jetzt zog auch ich meine Maske aus und trank. Es war das Osterbock, und ich schwöre, noch nie hatte mir ein Bier besser geschmeckt. Mein ganzes Gesicht, ein Schweißsee, juckte mich, und ich rieb es mit beiden Kostümärmeln trocken. Erst als ich fertig war, überfiel mich der Schreck: wenn ich alle Farbe weggewischt hatte? Aber meine Mundschenkin, ein ganz junges, tiefschwarzes Wesen mit einer Stupsnase, schien nichts zu bemerken. Sie schenkte mir Bier nach. Dann hörte ich dem Gespräch der Könige zu. Der gelbe hatte sich inzwischen zu einer andern Gruppe gesetzt, und Willy und der König mit den Affenschädeln machten, grinsend zwar und in einem lockeren Ton, ernsthafte Geschäfte. Es ging um eine Lieferung Osterbock. Willys königlicher Kunde wollte nur zweitausend Zaïres pro Liter bezahlen, während Willy auf fünftausend beharrte. Plus Inflationsrate. Natürlich trafen sie sich in der Mitte und umarmten sich. Der König rief Willy etwas zu, und der hob abwehrend die Arme. Aber nach einigen *»Mais si! Mais si! Je t'invite!«* seines Spezis stand er auf, und beide gingen quer über den Platz davon.

Natürlich ging ich hinter ihnen drein. Schließlich war ich Willys Groß-Wesir, und zudem wäre ich ohne seine Nähe vor Angst gestorben. Ich hatte meine Maske wieder aufgesetzt. Der Groß-Wesir des andern Königs schritt würdig neben mir, er mit der Maske unterm Arm. Er stieß mich an, deutete auf meinen Kopf, und also hob ich meine Verkleidung wieder ab und klemmte sie wie er unter den Arm. Die Bedienerin hatte vorhin auch nichts bemerkt, und tatsächlich zwinkerte er mir wie einem Komplizen zu. Wir landeten vor einem großen Zelt, aus dem rotes Licht leuchtete. Der König schlug die Stoffbahn der Tür nach oben und wies mit einer einladenden Geste ins Innere. Vier oder fünf weiße Frauen lagerten auf Kissen und Matratzen, alle in schwarzen Unterkleidern; eine hatte ihren Büstenhalter ausgezogen und trug rote Strumpfbänder. Alle lächelten uns entgegen.

»Huren aus Brüssel«, flüsterte Willy. »Ist ein Teil des Rituals. Ich kann das Geschenk nicht ausschlagen.«

»Wie konnte ich das vergessen!« rief der König, als er uns miteinander tuscheln sah. »Natürlich soll dein Groß-Wesir nicht leer ausgehen! Sind genügend Damen da.«

»Hilf mir!« zischte ich in Willys Ohr.

»Wieso?« sagte der. »Ist doch schön, so was.«

»Bitte!!«

Ich würde mich ausziehen müssen! Zumindest die Hosen, und alle sähen meinen weißen Hintern! Willy stand jetzt wieder neben seinem Freund und hatte den Mund an seinem Ohr. Erzählte ihm eine längere Geschichte. »Oh!« gluckste der. »Verstehe!« Sein Groß-Wesir, der ganz unverschämt mithörte, brüllte los vor Lachen. »Kann man nichts machen, mein Junge!« rief der König, während er mit Willy ins Zelt ging. »Trink ein Bier auf meine Rechnung!« Auch der Groß-Wesir verschwand im Innern. Bevor sich der Türstoff hinter ihm niedersenkte, drehte er sich um und stieß den Mittelfinger seiner rechten Hand ein paarmal durch einen Ring, den er mit dem Daumen und dem Zeigefinger der linken Hand geformt hatte.

Ich nickte. Als ich nichts hörte, überhaupt nichts, tat ich einen Schritt auf die Zelttür zu. Wahrscheinlich wollte ich sie hochheben, um hineinzuluchsen. Aber da fiel mein Blick auf ein seltsames Etwas, das am Boden lag, in zertrampelte Gräser verwickelt. Ich hob es hoch und hielt den Wollfaden des unglücklichen Heizers in der Hand. Nun hatte er kein Amulett mehr, das ihn schützte! Witternd wie ein Fuchs ging ich ums Zelt herum und sah auch sofort ein verkrümmtes Bündel, das, etwa fünfzig Meter weiter weg, vor einem andern Zelt in der Nähe des Waldrands lag. Ich huschte hin. Der Heizer war gefesselt und halb ohnmächtig. »He!« flüsterte ich und gab ihm einen Klaps auf die Wange. »Ich bin ein Freund.«

Er öffnete die Augen. »Psst!« hauchte er. »Da drinnen sind sie!« Tatsächlich fing in genau diesem Augenblick im Zelt jemand zu sprechen an, in einer Kongo-Sprache und so entsetzlich nahe, daß ich nach hinten sprang. Alle meine Schellen klingelten. Wir lauschten atemlos, aber die Stimme sprach unbeirrt weiter.

Gott sei Dank war eines meiner am Kostüm angenähten Amulette ein Schweizer Offiziersmesser. Ich riß es weg und durchschnitt die Fesseln des Heizers. Er blutete an der Unterlippe. Aber gehen konnte er. Wir schlichen zum Waldrand. Dort hielt ich ihm seinen Wollfaden hin.

»Ihr Amulett«, flüsterte ich. »Sie brauchen jetzt viel Glück.«

»Er ist ein Fetisch«, antwortete er ebenso leise. »Er hat schon meinem Urgroßvater nicht geholfen. Er hatte für die Weißen gearbeitet, an den Fällen, und als er am Ende seiner Kräfte war, schauten sie ruhig zu, wie er verhungerte.«

Er verschwand ohne jedes Geräusch im Schwarz des Walds. Im Zelt lachten seine Bewacher dröhnend über irgendeinen Witz. Ich machte, daß ich wegkam. Auf halbem Weg zwischen Waldrand und Bordellzelt – kein Busch, hinter den ich mich hätte kauern können, nichts – kam ein Trupp Bewaffneter in einem geradezu wilhelminischen Stechschritt direkt auf mich zu. In ihrer Mitte ging, als einziger nicht im Marschrhythmus, der sehr machtvolle Löwenherrscher, ohne seine Maske nun. Er war nicht mehr jung, ein schwergewichtiger Koloß, und trug eine Hornbrille. Ich war bocksteif stehengeblieben, wie ein Hase, der ins Scheinwerferlicht eines Autos gerät. Der stramme Haufe schien mich tatsächlich auch plattfahren zu wollen und blieb erst unmittelbar vor mir stehen, weil der vorderste Leibwächter, ein Riese wie sein Herr, eine Hand hochhob. Er starrte mich feindselig an. In seiner andern Hand hielt er einen gewaltigen Knüppel.

»Was ist?« sagte der Löwenherrscher in seinem Rücken.

»Ein Groß-Wesir, Exzellenz«, antwortete der Riese, ohne den Blick von mir zu wenden. »Wirft sich nicht in den Staub.«

Der Löwenherrscher wurde zwischen seinen Leibwachen sichtbar. Er trug jetzt eine Art Toga mit den gezackten Linien, seinem Clan-Symbol. Das war das Ende, das wußte ich. Ein Weißer hier, am heiligsten Ort der schwarzen Macht, und hatte erst noch nicht den Rocksaum des Herrlichen geküßt.

»Ich kann dich zertreten«, sagte er. »Ich kann dich leben lassen. Ich kann alles, was ich will. Wessen Groß-Wesir bist du?«

»Anselme Kisangani«, stammelte ich.

»Dein Pech.« Sein Blick gefror noch mehr. »Willys Brauerei steht auf meinem Stammesgebiet. Ich werde sie heim in mein Reich holen. Bald, sehr bald. Eine falsche Hyäne ist er, dein Willy.«

»Er ist mein bester Freund«, hauchte ich. »Er hat mir meine Frau weggenommen.«

Der König starrte mich an. Dann begann er zu lachen. Lachte und lachte. Auf ein Zeichen des kommandierenden Riesen hin lachten alle seine Männer mit. Der König hob eine Hand, und die ganze Meute verstummte.

»Du gefällst mir!« rief er. »Bist irgendwie anders.« Er wühlte in den Falten seiner Gewänder und brachte eine Visitenkarte zum Vorschein, die er mir in die Hand drückte. »Wenn du irgendwelche Schwierigkeiten hast, ruf mich an. Ist meine Geheimnummer. *Priorité absolue,* du verstehst. Kennt niemand, nicht mal der da.« Er wies auf den Kommandanten seiner Schlägerbande, der mich mit aus den Höhlen tretenden Augen anstierte, als sei er ein Golfspieler vor dem finalen Schlag und ich sein Ball. »Dabei ist er *mein* bester Freund.«

Er deutete auf meine rechte Hand. Erst jetzt merkte ich, daß diese den Wollfaden des Heizers umklammert hielt. »Dein Fetisch?«

Ich nickte.

»Wollfäden sind erstklassig.« Er hatte auch einen in der Hand, einen blitzneuen goldenen allerdings. »Darum also. Ich hatte mich schon gefragt, warum ich keine Lust habe, dich totprügeln zu lassen.«

Er ging an seinen Platz in der Marschformation zurück. Seinem Freund stand die Gier, mich umzubringen, ins Gesicht geschrieben, und bevor er es tun konnte, sprang ich ins Dunkel der Nacht. Der Pulk setzte sich erneut in Bewegung und marschierte zum Bordellzelt hinüber.

Vier der Gorillas gingen hinein, und fast sofort kamen Willy und sein königlicher Freund ins Freie gesaust, beide kopfvoran, nackt und mit steifen Gliedern, deren Eicheln rot leuchteten. Sie purzelten zwischen Bierflaschen und Eßgeschirre. Der Löwenkönig würdigte sie keines Blickes und schritt ins Zeltinnere. Ich sah gerade noch, wie er die Brille abnahm, bevor sich die Stofftür hinter ihm schloß. Willy und der König rappelten sich auf. Ich rannte zu ihnen hin.

»Noch zwei, drei Stöße«, brummte der König. »Und ich wäre soweit gewesen.«

Die Zelttür ging erneut auf, und ein flatterndes Bündel kam herausgeflogen. Die Kleider. Mit ihnen flog der Groß-Wesir, mein Kollege, den die Leibwächter des sehr mächtigen Herrschers wohl zuerst übersehen hatten. Auch er war ohne Hosen. Er landete direkt vor meinen Füßen. Ich streckte ihm die Hand hin und half ihm auf die Beine. *»Merci, mon pote!«* sagte er. »Ich glaube, ich laß mir meinen auch abschneiden.«

Willy hatte den Unterkiefer so weit vorgeschoben, daß die untere Lippe weit vor der oberen stand. Sein Blick sah starr in weite Fernen, und mitten in der Stirn war eine tiefe Furche. Dieses Gesicht, so hatte Willy als Bub ausgesehen, wenn die Wut in ihm kochte, und dann sprach man besser nicht mit ihm. Auch das also hatte er meinem Willy abgeschaut. Er ging davon, die Kleider unterm Arm, aufs immer noch brodelnde Feuer zu. Sogar seine Hinterbacken sahen wütend aus.

Überall lagen schlafende Dämonen und Frauen in Hexenkostümen, ineinander verknäuelt, mit offenen Mündern, schnarchend. Eine junge Frau, deren Gewand voller Leopardenpfoten hing, hielt ihren Daumen im Mund. Willys Zeremonienmeister lag neben seinem umgekippten Humpen in einer Bierpfütze. Ich war furchtbar erschöpft und legte mich neben ihn. Es war mir egal, ob jemand meine Haut sah. Ich schlief sofort ein.

DIE SONNE weckte mich. Der Zeremonienmeister war weg. Dafür lag Saba nicht weit von mir, in den Armen eines Manns. Sie schlug die Augen auf. »Hallo«, sagte ich, und sie lächelte, ohne mich zu erkennen. Ich wollte ihr erklären, wer ich war, warum ich so rußverschmiert aussah, aber da schob sich der Zeremonienmeister zwischen uns. Er hob einen Fotoapparat ans Auge, eine hochmoderne Minolta, und fotografierte mich. *»Parfait!«* rief er, als ich zu lächeln versuchte, drückte nochmals ab und verschwand zwischen den Männern und Frauen, die sich überall hochrappelten. Die Lichtung, im neuen Tageslicht, hatte jedes Geheimnis verloren, alle Würde, und glich eher einem jener Flüchtlingscamps, die wir aus dem Fernsehen kennen. Jeder suchte seine Siebensachen zusammen. Willy war auch schon wach und weckte gerade einen seiner Kalaschnikow-Soldaten mit einem Fußtritt. Sein Unterkiefer sah immer noch wie eine Schublade aus. Er trieb uns brüllend an, wie ein bösartiger Feldwebel, und also hastete auch ich hinter dem Brauerei-Clan drein, der seltsamerweise nicht zum Fluß hineilte, wo wir die Kanus gelassen hatten, sondern zu einem großen, hinter Büschen versteckten Parkplatz. Busse, Jeeps und Lastwagen standen eng nebeneinander und wurden von aufgeregten Männern und Frauen geentert. Überall der Staub von Reifenspuren, und sofort wußte ich, woher der Löwenkönig sein Clan-Symbol hatte: vom Profil der Michelin-X-Reifen.

Die ganze Wagenflotte der *Anselme Kisangani* wartete mit laufenden Motoren: drei Berliet-Lastwagen mit offenen Pritschen, der Wellblech-Citroën, auf dessen Dach die Kanus vertäut waren, und ein sehr dreckiger R4. Wir sprangen auf, während sie schon fuhren. Ich landete im R4, neben Willy, der am Steuer saß. Hinter uns kicherten Saba und zwei Freundinnen, ohne sich um Willys schlechte Laune zu kümmern. Aber ich verstand nun dessen Eile. Tatsächlich schaffte es unser Konvoi nämlich, als erster eine schmale Urwaldpiste zu erreichen, dicht vor einer knatternden Dreirad-Vespa, an die sich etwa zehn Schwarze klammerten, und einem Ochsenkarren voller Frauen, der wohl besonders früh aufgebrochen war. Äste schlugen gegen die Karosserie, als wir in den Dschungel eintauchten. Hinter uns der Citroën, dem die Lastwagen folgten. Willy schaltete in den vierten Gang, zog seine Kinnlade ein und versuchte ein Lachen. Es klang immer noch bitter, aber er war wieder auf dem Weg nach oben. Affen flohen in wilden Sätzen vor uns weg.

»Und?« rief ich in den Motorenlärm hinein. »Hast du gewonnen?«

»Immerhin leben wir alle noch.« Er schloß die Augen, weil der R4 in eine Lianenwand hineinschoß und sie krachend durchstieß. »Und ich habe zehntausend Liter Bier abgesetzt.«

»Ich kann mir denken, wer der Stärkste war. Der mit den Löwen.«

»Seit neunundzwanzig Jahren!« Willy fuhr so schnell durch eine Mulde voller Steine, daß der Wagenboden aufschlug. »Er hat Fetische, gegen die kann keiner anstinken.«

Der Wald dampfte so, daß Willy die Scheibenwischer einschalten mußte. Grün, düsteres, immer feuchteres Grün. Wenn ich steil nach oben spähte, ahnte ich das Licht der Sonne. Keine Tiere. Nur einmal, in schwarzem Schlamm, die Spuren von Flußpferden oder Elefanten, als wir zu einer Furt kamen, durch die Willy preschte, ohne den Fuß vom Gas zu nehmen. Wasser spritzte bis übers Dach, und der Motor begann zu ertrinken. Aber wir kamen glücklich auf der andern Seite an und heulten eine Böschung hoch. Am Außenspiegel flatterte eine Liane.

»Als ich nicht zu den Huren wollte?« schrie ich. »Was hast du da dem König erzählt?«

»Daß ich dir den Schwanz abgeschnitten habe.« Auch Willy brüllte. »Mir fiel nichts Besseres ein.«

Eine ganze Weile lang fuhren wir schweigend. Die Piste, voller Spurrinnen, führte uns in eine Savanne. Grelles Licht nun wieder. Gelbes, fast mannshohes Gras hatte die Fahrbahn zugewuchert. Das Gras rauschte unter uns weg. Da und dort einzelne Bäume mit Kronen wie Dächer, unter denen Zebras standen. Wir wurden so durcheinandergeschüttelt, daß auch das Geschnatter der Frauen verstummte.

»Erinnerst du dich?« rief ich. Für einen Augenblick hielt ich den schwarzen Häuptling neben mir für den wirklichen Willy; merkte meinen Irrtum und sprach dennoch weiter. »Als ich vier Jahre alt war, und du fünf? Wir schauten das Fotoalbum an. Ein Foto von mir, Harry Harder und meiner Mutter!«

Das konnte er nicht wissen! Dies konnte ihm keine Folter und keine Hexenkunst verraten haben. Aber er sagte, ohne zu zögern: »Und dem Hund! Wie heute!«

»Du hast das Foto aus dem Album gerissen und es Anselm gebracht!«

»Ich?« Zum ersten Mal nahm Willy den Fuß vom Gas. Er sah mich an. *»Du* hast das Foto genommen. *Du* hast es Anselm gebracht. *Dir* hat er dafür ein Bolzengewehr geschenkt. Nicht mir.«

Ich erinnerte mich an das Gewehr. Nur, ich hatte gedacht, ich hätte es von meinem Papa. Ich konnte den Bolzen, an dessen Ende ein Gummistöpsel steckte, in den Lauf schieben, und wenn ich den Abzug drückte, schoß ihn eine Feder glattweg zehn Meter weit. Mit ein bißchen Glück blieb er haften. Ich schoß auf alles, auf die Haustür, auf Katzen, auf die Vogelscheuchen und einmal sogar auf den roten Schädel von Herrn Harder. Tatsächlich klebte der Bolzen in der Mitte der Stirn. Harry Harder, der sonst die Güte in Person war, brüllte mich an, als hätte ich ihn ermorden wollen. »Ich?« sagte ich. Der entsetzliche Willy neben mir nickte. Ich fühlte mich schwindlig.

Nun fuhren wir wieder im Wald, auf einer breiten, staubigen Piste. Schlaglöcher. Einmal begegnete uns ein Simca aus den fünfziger Jahren. Auch andere Spuren der Zivilisation: Telefondrähte, die lose von Bäumen hingen; Limonadenbüchsen; einmal ein von Grünzeug überwuchertes Autowrack. Erst als wir ins Brauereigelände einbogen, fand ich meine Sprache wieder.

»Ich muß Anselm eine Antwort mitbringen. Warum schickst du ihm kein Geld mehr?«

Wir hielten an und stiegen aus. Die drei Freundinnen gingen auf das Haus zu. Willy stand auf der andern Seite der Kühlerhaube und blinzelte. Jetzt war er sehr schwarz im grellen Licht der Sonne.

»Ich wollte, daß er herkommt. Er, nicht du.«

»Das Klima hier hätte er nie überlebt.«

»Nein.«

Wir gingen auch ins Haus, wuschen uns in der Küche, so gut es ging, und setzten uns an den Tisch. Wir tranken Bier. Der Ventilator drehte sich an der Decke oben und kühlte uns. Das Zimmer war angenehm düster. Vor der offenen Tür glühte der Tag. Fern, sehr fern, in irgendwelchen Räumen, die ich nicht kannte, lachten die Frauen.

Willy schob mir ein Papier hin, einen DIN-A4-Bogen mit einem kurzen Schreibmaschinentext. »Gib das Anselm. Er soll es unterschreiben.« Ich nahm das Papier und merkte, daß ich den Text nicht entziffern konnte, weil meine Brille kaputt war. Also schob ich es ungelesen in die Hosentasche. Willy hob das Bierglas und trank es leer. Im Hof rollten wieder die Fässer, und auch die Fälle rauschten.

Der Zeremonienmeister, der wieder ein Brauer war, kam herein und legte die Minolta vor Willy hin. Er hatte aber auch etwas für mich, einen gelben Briefumschlag, auf dem in so großen Filzstiftbuchstaben, daß ich sie erkennen konnte, *A ouvrir avant l'atterrissage à Zurich* stand. Er hob die Hand und verschwand. Ich steckte auch den Briefumschlag ein.

»Dein Flugzeug wartet draußen«, sagte Willy.

»Wer wartet?«

»Ich habe einen Transport nach Kinshasa. Fünftausend Liter Bier. Der Besitzer eines dieser Diamantenfelder gibt heute abend eine Party. Achthundert Gäste. Eine Big Band aus Chicago. Wenn du dir die Rückfahrt mit der *Perle* ersparen willst, steigst du besser ein. Jetzt.«

Ich stand auf. Schweiß stürzte meinen Körper hinunter; vielleicht kam ich doch mit dem Leben davon! Meine Tasche war bald gepackt. Willy begleitete mich zu einer nahen Waldpiste, auf der eine zweimotorige Maschine mit laufenden Motoren wartete. Irgendeine Urfassung der JU 52 oder ein Prototyp der DC-3, der nie in Serie gegangen war. Ich gab Willy die Hand.

»Schau zu, daß Anselm das Papier unterschreibt, bevor er es liest«, sagte er. »Bevor er's versteht zumindest.«

Ich nickte. »Ich schick's dir mit der Post.«

»Du bringst es mir selber.«

»Wenn du meinst.« Ich nickte nochmals. »Ich bringe es dir.« Aber wenn ich aus dieser Hölle herausgelangte, das schwor ich mir, würde ich nie mehr in sie zurückkommen. Nie mehr.

Der Pilot ließ die Maschine ein bißchen anrollen, um mir Beine zu machen. In diesem Augenblick sah ich Sophie. Sie kam vom Urwald her quer über den Flugplatz geschritten, mit einer Machete in der Hand, die sie wie einen Wanderstock gebrauchte. Sie sah wie eine Missionarin aus, die, von ihrem schwarzen Glauben erleuchtet, von einer Bekehrungstour zurückkehrte. Ihr Gesicht war dreckig und strahlte. An ihrem Gürtel hingen eine Trinkflasche aus Aluminium, ein Kompaß und ein Etwas, was wie der Skalp eines erlegten Heiden aussah.

Ich rannte ihr entgegen. »Ich muß in die Maschine da«, keuchte ich, als ich vor ihr stand. »Ich wünsche dir alles Gute, Sophie!«

»Toll siehst du aus!« rief sie, strahlte mich an und küßte mich. »Großartig!«

»Du auch.«

»Mach's gut!« Sie gab mir einen Schubs. »Ich sehe dich nie wieder.«

Ich ging auf die offene Luke des Flugzeugs zu. Als ich das Leiterchen hochkletterte, merkte ich, daß sie mir gefolgt war. Ich sah zu ihr hinunter.

»Eins wollte ich dir noch sagen«, rief sie in den Propellerlärm hinein. »Mein Vater, damals, nannte alle Hunde wie uns. Den ersten wie Mama. Als er starb, war er ganz verzweifelt. Der zweite Hund hieß wie mein Bruder. Als dieser tot war, war mein Vater ganz aus dem Häuschen. Er wurde immer seltsamer, sprach mit sich selber, und mit mir, als sei ich seine Frau. Natürlich hieß der dritte Hund Sophie. An jenem Tag überraschte ich ihn, wie er Gift in Sophies Futter tat. Er sah mich mit einem lodernden Blick an. Er hatte auch die andern Hunde umgebracht. Er war verrückt. Ich *mußte* weg. Mit dir oder mit Willy.«

Die Luke schloß sich hinter mir, und wir starteten. Durch ein Fenster sah ich sie. Sie stand da, und ihre Haare wehten im Luftwirbel der startenden Maschine. Sie winkte. Wir hoben ab. Als wir eine Kurve flogen, kam sie nochmals in mein Blickfeld. Sie ging mit Willy auf die Brauerei zu, Hand in Hand. Wir gewannen an Höhe. Die Stanley-Fälle gischteten weiß, völlig still, vom grünen Wald umgeben. Dann kamen wir in die Wolken, und ich setzte mich auf meine Reisetasche.

Drei Stunden später waren wir in Kinshasa. Tatsächlich flog noch am selben Abend eine Maschine der Swissair nach Zürich. Warum eigentlich hatte Anselm mich beim Hinflug über Brüssel gebucht? Am Zoll derselbe Beamte. Er war glattrasiert, trug meine Sonnenbrille und würdigte mich keines Blicks. Eine MD-11, in deren Business-Class-Sesseln ich aufstöhnend versank. Ich war so ziemlich der einzige Passagier und wurde von den Stewardessen nach Strich und Faden verwöhnt. Orangensaft, Champagner, ein prächtiges Essen. Ich las die neuesten Zeitungen. Noch immer schlugen sich die Menschen an allen Ecken und Enden der Welt tot. Aber das Wetter in Zürich versprach mild zu sein. Nachsommer beinah schon, obwohl der August noch lange nicht vorbei war. Während wir noch immer in der Sonne flogen, kroch unter mir die Nacht über Afrika. Einmal machte ich – ohne Brille, blind schreibend – die Spesenabrechnung für Anselm, auf einem Briefbogen, den ich von der Stewardeß bekam. Das Hotel, das Schiffsticket, die Taxis. Dann ging ich zur Toilette. Als ich die Hände wusch und in den Spiegel schaute, sah ich, daß ich einen weißen Vollbart hatte. Kraushaare. Und daß mein Gesicht tiefschwarz war.

IN EINER BLANKEN PANIK saß ich in meinem Sessel, so verstört offenbar, daß die Stewardeß zu mir kam und mich fragte, ob sie etwas für mich tun könne. Ich schüttelte zuerst den Kopf und bat dann um einen Schnaps. Danach ging es mir ein bißchen besser. Ich war schwarz! Ich war so schwarz wie Sophie und Willy! Ich riß das Hemd auf, bis ein Stück Haut sichtbar wurde: auch schwarz. Meine Hände: nur innen noch rosa. Meine Waden, als ich die Hosenbeine hochkrempelte: Ebenholz. Ich wagte nicht, die Hosen aufzuknöpfen und meinen Penis anzuschauen.

Natürlich schlief ich schlecht. Dämmerte ein, schreckte wieder hoch, weil wilde Monster in meinen Träumen tanzten. Zwei Zwischenlandungen, mitten in der Nacht im Busch. Als es wieder hell wurde, versuchte ich, mir mit Kaffee auf die Beine zu helfen. Aber ich hätte wirklichen Kaffee gebraucht, zwei doppelte Espressi, und nicht dieses dünne Zeug. Dann kam mir der Briefumschlag in den Sinn. *Vor der Landung in Zürich zu öffnen.* Tatsächlich flogen wir schon über den Alpen, deren Schneegipfel im Morgenlicht glühten. Ich riß ihn auf und hielt ein grünes Etwas in der Hand, einen Paß der Republik Zaire, deren wuchtiges Wappen ich trotz meinen brillenlosen Augen sehen konnte. Ich vermochte zwar nicht zu lesen, auf wessen Namen das Dokument ausgestellt war, aber es mußte meiner sein, denn ich erkannte mein Foto. Es war das, das der Zeremonienmeister von mir gemacht hatte. Ich lächelte. Da war ich also schon schwarz gewesen! Die Verwandlung mußte irgendwann in der Monsternacht geschehen sein! – Sogar ein Visum war eingestempelt. Daß es eine Aufenthaltsgenehmigung war, das durfte ich ja wohl nicht hoffen. Touristenvisum vermutlich, drei Monate lang gültig. Wieviel hatte Willy wohl für dieses Dokument bezahlt, das gewiß so echt aussah, weil es echt war?

Im Flughafen von Zürich ging ich mit allen andern Passagieren durch ewig lange Korridore. Es waren nun doch recht viele geworden. Ein älterer Beamter blätterte meinen Paß Seite für Seite durch und tippte meinen Namen in den Fahndungscomputer. Was für einen Namen?

»Parlez-vous français?« sagte er schließlich in einer Art Französisch.

»Oui.«

»Welches ist der Grund Ihrer Reise in die Schweiz?« Er sprach weiterhin französisch.

»Tourismus«, sagte ich.

Als er wieder den Paß durchzublättern begann und das Visum einer erneuten Prüfung unterzog, fügte ich an: »Mein Vater lebt in der Schweiz.« Ich war froh, daß er die Verhandlungssprache gewählt hatte und ich ihn nicht dazu zwingen mußte, darüber nachzudenken, warum ich so gut Schweizerdeutsch konnte. »Er ist alt.« Und als ihn das immer noch nicht davon abhielt, in mein Reisedokument zu starren: »Er liegt im Sterben.«

»In der Schweiz?«

»Schwarze sterben überall«, sagte ich.

Er sah mich an, nickte dann und gab mir den Paß. Ich ging durch die *Baggage-claim*-Halle, wo meine Mitreisenden an einem Förderband standen, das eben zu laufen begann und als erstes ein in eine Hülle verpacktes Surfbrett ausspie. Hinter der Tür, auf der »Nichts zu verzollen« stand, war kein Mensch, so daß ich ungefilzt durch die letzte Schiebetür gehen konnte, die mich von der freien Schweiz trennte und hinter der viele Menschen auf ihre Lieben warteten. Alles Weiße. Ich schob mich durch sie hindurch, setzte mich in ein Taxi und fuhr zu Anselm. In Witikon Getreidefelder, hohe gelbe Halme. Eine warme Sonne, der aber die Kraft des afrikanischen Sommers fehlte. Wir bogen in die vertraute Straße ein. Viel Grün. Alles wie immer, alles ganz anders. Ich gab dem Fahrer ein riesiges Trinkgeld, und er gab mir eine Quittung.

Während ich über den Plattenweg zur Haustür ging, kam mir ein Mann entgegen. Er rannte so nahe an mir vorbei, daß wir uns berührten. Trotzdem konnte ich sein Gesicht nicht erkennen, weil er eine graue Kiste auf den Schultern trug. Auf ihr die Symbole der alten Wehrmacht. Er sah mich auch nicht und schimpfte laut vor sich hin. Ein Greis eher, kein Jüngling.

Anselm stand unter der offenen Tür, als hätte er mich erwartet. Er trug einen Bademantel, der dem von damals glich, und darunter einen gestreiften Pyjama. Seine nackten Füße steckten in Pantoffeln aus Leder. Er sah noch verheerter als bei meiner Abreise aus und schien mich ebenfalls nicht zu sehen.

»Ich bin's«, sagte ich. »Vielleicht erinnern Sie sich an meine Stimme.«

Er wachte auf und musterte mich. »Sie kommen von Willy?«

»Ja.«

»Wieso kommt Kuno nicht selber?«

Ohne mich auf eine Diskussion über meine Identität einzulassen, ging ich ins Haus. »Was ist denn heute los?« sagte Anselm in meinem Rücken. »Henner geht und ein Neger kommt.« Ich hatte sein Anwesen seit ungefähr fünfzig Jahren nicht mehr betreten und fand mich trotzdem auf Anhieb zurecht. In der Eingangshalle hing immer noch der mannshohe Spiegel mit dem Goldrahmen. Während ich mich musterte – ich sah mich zum ersten Mal in meiner vollen Größe –, schob sich Anselm ins Spiegelbild. Er war kreideweiß, hob hilflos die Arme und ließ sie wieder sinken. Ich hingegen war beeindruckend. Ein stämmiger Afrikaner. Haare wie die einer Stahlbürste, breite Lippen, große weiße Augen. Der Bart, na ja. Ich bleckte meine Zähne, zwinkerte dem seitenverkehrten Anselm zu und ging in den Salon. Am alten Ort die vertrauten Lehnsessel oder ihre gleichartigen Nachkommen. Ich setzte mich in einen. Vor mir an der Wand hing immer noch das Ahnenbild, ein dicker und viel jüngerer Anselm mit einer Halskrause und einem Hopfenzweig in der Hand. Überall die Louis- oder Empire-Möbel, deren Gold fahl geworden war. Das Klavier allerdings war verschwunden.

»Das war einmal ein rassisch reines Haus«, sagte Anselm, der viel langsamer als ich gegangen und trotzdem atemlos war. »Natürlich richtet sich meine Bemerkung nicht gegen Sie. Ich stelle nur fest. Die Zeiten haben sich geändert.«

Obwohl er so aussah, als habe er seit meiner Abreise nicht mehr geschlafen, stand er bolzgerade. Ganz Haltung, aber mit roten Augen. Als könne er meine stumme Frage – »Was ist denn mit Ihnen los?« – in meinem Hirn lesen, sagte er: »Mein Adjutant hat mich verlassen. Eben vorhin. Meine Haushaltshilfe.« Er schluckte und stand noch ein bißchen aufrechter.

»Erledigen wir zuerst die Spesen.« Ich wollte mich auf seine Sorgen erst gar nicht einlassen und holte den Zettel hervor. Ich konnte ihn zwar nicht lesen, hatte aber die Summe im Kopf. »Fünfhundertzwölf Franken. Fast nichts für eine Afrikareise. Prüfen Sie's nach.«

Ich legte meine Spesenabrechnung und seine schwarze Lederbrieftasche mit den übriggebliebenen Dollars auf das niedere Tischchen zwischen uns. Er unterschrieb, ohne nachzuzählen, und immer noch im Stehen. Seine Hand zitterte, und er wollte wohl nur eins: mich möglichst bald loswerden. Als ich ihm allerdings Willys Brief gab – »Von Willy. Sie möchten das bitte unterschreiben!« –, machte er sich doch daran, seine Brille zu suchen. Tastete zuerst seine Bademanteltasche ab, spähte dann über den Tisch, bückte sich unter den Stuhl und fand sie endlich doch im Bademantel. »Seit Tobruk war Henner mein Mann für alles«, sagte er, während er Willys Dokument auseinanderfaltete. »Die Invasion, die Ardennenoffensive, den Fall von Berlin, alles haben wir zusammen durchgestanden. Immer fanatisch korrekt, mein Henner. Kein einziges Mal krank. Und just heute wird ihm klar, daß er mich nie hat ausstehen können.«

Er las. Dann sagte er: »*Das* sind Ihre Spesen. Vierhundertsiebzig Franken. Wie kommen Sie dazu, fünfhundertzwölf abzurechnen?«

»Das Taxi.« Ich schob die Quittung über den Tisch.

Er steckte sie in die Brieftasche und verstaute diese in seinem Bademantel. »Aber was habe ich denn eben unterschrieben?«

Ich wußte es auch nicht und holte den Briefbogen wieder hervor. Er las ihn, las und las, las ihn nochmals von vorn, bekam einen immer roteren Schädel, begann zu schwitzen, troff endlich vor Schweiß und brüllte: »Das ist eine Ungeheuerlichkeit! Eine Ungeheuerlichkeit ist das!« Seine Augen traten aus ihren Höhlen, die Wangen wurden fahl – fahl unter dem hitzigen Rot –, und er keuchte. Dann griff er sich an die Brust, seufzte noch einmal auf und krachte zu Boden. Da lag er, auf dem Rücken, die Arme weit auseinander, mit einem offenen Mund. Er war tot.

Ich bückte mich, nahm ihm seine Brille von der Nase und konnte endlich auch lesen, was Willy mir mitgegeben hatte. Anselm sah aus starren Augen zu mir hoch, als erwarte er eine Erklärung.

Lieber Willy, stand da, mit einer Schreibmaschine geschrieben, deren R hüpfte. *Nun bin ich alt. Der Tod ist nahe. Und so will ich Dir mit diesen Zeilen, meinem Testament, sagen, daß ich nie vergessen habe, was ich Dir 1957 bei Deiner Abreise in den Kongo versprochen habe: daß Du mein Nachfolger werden wirst. Ich weiß, daß auch Du dieses Versprechen nie vergessen hast. Keinen Tag lang. Daß nur diese Gewißheit Dich in dem tödlichen Kongo ausharren ließ. Jetzt ist es soweit. Mein Willy. Du bist das Vermächtnis, das mir Aline, die uns beide so sehr geliebt hat, ans Herz gelegt hat. Ich vermache Dir also meine Brauereibetriebe, mein Vermögen und mein Haus in Witikon. Der Gedanke, daß Du und Deine Sophie darin wohnen werden, tröstet mich. Am 8. August 1994. Gez. Anselm Schmirhahn.*

Darunter stand, etwas zittrig, aber unverkennbar, Anselms Unterschrift. Das Dokument hatte ein Postskriptum, das so lautete: *PS: Sicher denkst Du auch, daß die Filiale in Kisangani in Kunos Händen gut aufgehoben ist. Weise ihn in das Notwendige ein. Seine Zukunft wird schwarz sein, oder nichts.*

Ich steckte das seltsame Dokument ein. *Heute* war der achte August! Willy hatte es vordatiert! Anselm sah mich immer noch an, und ich bückte mich und schloß ihm die Augen. »Ja! Ja!« hörte ich mich sagen. Obwohl ich mir keiner Schuld bewußt war, nahm ich ein Taschentuch und wischte über die Stuhllehnen und Türklinken. Ich war ein Schwarzer. Als ich die Haustür hinter mir zugezogen hatte, fiel mir ein, daß der arme Anselm keine Zeit gefunden hatte, mir die fünftausend Franken zu geben, die er mir schuldete. Dafür hielt ich seine Brille immer noch in der Hand. Ich trat auf die Straße. Kein Mensch. Unser Haus, am Waldrand, sah mit seinen geschlossenen Fensterläden wie erblindet aus. Die Blumen im Garten verwilderten und hatten Wasser nötig. Ich ging schnell davon, die steile Straße zur Busstation hinunter.

ALS ICH im Heim ankam, schlug die Glocke der Kirche Fluntern zehn. Ich stieg in den ersten Stock, ohne einer Seele zu begegnen. Über dem Zimmer meines Vaters blinkte die Notrufleuchte, und ich begann zu rennen. Aber im gleichen Augenblick tauchte Schwester Anne vom andern Ende des Korridors her auf. Sie erreichte die Tür vor mir, öffnete sie, rief etwas ins Zimmer, schaltete die Leuchte aus und zog sie wieder zu. Dann stand sie da und starrte mich an. Ihre Lippen zitterten und ihre Augen glichen großen runden Tellern.

»Was hat er?« sagte ich.

»Das macht er jeden Tag ein paarmal«, antwortete sie. »Um mich zu ihm zu locken, ist ihm nichts heilig. Sogar der Notruf nicht.«

»Oh.«

Sie sah mich weiterhin mit diesem Blick an, den ich an ihr noch nie gesehen hatte. In ihren Augen war ein tiefer, um nicht zu sagen: absoluter Ernst. Sie untersuchte mein Gesicht, als sei hinter meiner Stirn ein Geheimnis verborgen, von dem ihr Leben abhing. Sie atmete so heftig, daß es wie ein Stöhnen klang. Dann wisperte sie: »Wie heißen Sie?«

»Kuno.«

»Kuno!« Sie schien ihre Stimme wiederzufinden. »Wir haben einen Pfleger, der heißt auch Kuno. Ganz nett, aber unzuverlässig. Er ist seit einer Woche verschwunden, und ich muß seine Arbeit auch noch machen. Störrische Alte wie den da. – Woher kommen Sie?«

»Kongo. Bin eben gelandet.«

Sie nickte und sah an sich herunter. Sie sah wunderbar aus, in ihrer Pflegerinnenschürze, die schon wieder vorn offenstand. Nur zwei Knöpfe überm Bauch waren zu. Diesmal war ihr Unterrock weiß. Ihre Haare hingen bis weit über die Schultern hinab, blonder denn je. Ihre Füße steckten natürlich in den Zoccoli. Nackte Zehen mit roten Nägeln. Und ihre Augen, ihre blauen Augen waren noch größer geworden. Ihre Lippen bebten jetzt. Sie faßte nach meiner Hand. »Und ich? Wie finden Sie mich?« hauchte sie.

»Das wissen Sie doch«, sagte ich. »Ich liebe Sie.«

Sie wurde tiefrot, als hätte ich sie mit Farbe überschüttet. Einen Augenblick lang stand sie bewegungslos, beinah ohne zu atmen, als fasse sie einen unwiderruflichen Entschluß. Dann nickte sie – die Antwort auf die Frage, die sie sich selber gestellt hatte –, öffnete die Tür zum Zimmer von Herrn Andermatten und zog mich hinein. Drinnen warf sie die Arme um meinen Hals und küßte mich.

Wieso sollte ich ihr widerstehen? »Das ist das Zimmer von Herrn Andermatten«, sagte ich dann aber doch, versuchte ich zu sagen, weil ihre Lippen auf die meinen gepreßt blieben. »Wenn er kommt, fliegen wir.« Ich klang wie einer, der mit einem Knebel zu sprechen versucht. »Heute noch.«

»Herr Andermatten ist tot.« Schwester Anne löste ihre Lippen von den meinen und legte sie an mein rechtes Ohr. »Er hatte irgendeinen Krach mit dem andern Kuno.« Sie flüsterte, und ich spürte ihren warmen Atem. »Rannte ins Büro des Direktors, rief: ›Der Herr Kuno hat –‹, und fiel tot um. Wir werden nie erfahren, was der Herr Kuno getan hat. Ein gutes Werk jedenfalls.«

Wir küßten uns jetzt auf dem Bett liegend und begannen die Himmel der Liebe so begierig zu erstürmen, daß wir wohl den einen oder andern übersprangen. Jedenfalls waren wir so bald im siebenten, daß wir nicht mehr wußten, wer weiß war und was schwarz. Es war überwältigend. Dann, auf Erden wieder, lagen wir nebeneinander. Schauten uns an. Ich hatte Schwester Anne – Anne jetzt! Es war aus mit der Schwester! – noch nie so gesehen, so ernst und so nackt.

»Ein Leben lang habe ich auf diesen Augenblick gewartet«, sagte sie.

»Ich auch. Jedenfalls seitdem ich Sie kenne.«

»Sie?« Sie lächelte.

»Seitdem ich dich kenne.«

»Das ist nicht sehr lange her.«

»Das ist länger, als du denkst.«

Draußen im Korridor wisperten Stimmen, mindestens zwanzig. Sie murmelten, zischelten und waren auch regelrecht laut, bis sie von heftigen Psst-Rufen gedämpft wurden. »Das ist Schwester Anne!« brüllte Frau Zmutt, die taub war. »Aber wer ist der Mann?« Ihre Frage fachte das Tuscheln wie ein Windstoß an, der in ein Feuer fährt.

»Ich geh lieber gleich raus.« Anne griff nach ihrem Unterrock und zog ihn an. »Die bleiben bis zum Jüngsten Tag vor der Tür.«

Ich war schneller als sie, riß die Tür auf und sprang so, wie der Gott der Schwarzen mich erschaffen hatte, in den Korridor hinaus. »Rrrrr!« heulte ich und trommelte mit beiden Fäusten gegen meine Brust.

»Ein Neger!« kreischte Frau Zmutt. »Ein nackter Neger!«

Die Alten stoben davon. Herr Zwahlen war so erschrocken, daß er Frau Zmutt, die vor ihm ihrem Zimmer zustrebte, rüde gegen die Korridorwand stieß. Herr Börlin, ein sanfter Herr sonst, stolperte und schrie Frau Gross an. Die Türen schlugen zu, und alle Schlüssel drehten sich in den Schlössern. Nur noch Herr Jeanneret, der einen Parkinson hatte, mit einem Gehgestell ging und am untern Ende des Korridors wohnte, schob sich unendlich langsam und dennoch in höchster Eile auf sein Zimmer zu. Er stöhnte. Endlich hatte auch er es geschafft, und der Korridor war wieder so leer, als habe ihn noch nie jemand betreten. Tiefer Friede. Über der Tür meines Vaters blinkte die Notleuchte.

Ich rannte zu Anne zurück, die dabei war, ihre Schürze zuzuknöpfen, zog mein Hemd an, stieg, laufend schon, in die Hose und trat, ohne zu klopfen, ins Zimmer meines Vaters. Er lag bewegungslos auf dem Bett, starrte zur Decke hinauf und atmete in kurzen Stößen. Seine Haut war gelb, durchsichtig fast, und seine Lippen waren in der Mundhöhle verschwunden.

»Papa!« rief ich.

Er sah mich aus kraftlosen Augen an. »Ich bin nicht Ihr Vater«, murmelte er. »Mein Sohn hat keinen Bart.«

»Du brauchst einen Arzt!«

Anne öffnete die Tür. Sie hatte die Knöpfe der Schürze falsch geknöpft, und ihre Haare waren ein Wirrwarr. Sie sah erschrocken aus.

»Hol den Doktor«, rief ich.

Sie nickte und verschwand wieder. Als ich mich erneut meinem Vater zuwandte, hatte der die Augen geschlossen. Ich beugte mich über ihn und hörte seinen unregelmäßigen Atem. Sein Puls war schwach. »Papa«, flüsterte ich. »Papa!« Aber er hörte mich nicht. Also ging ich zum Waschbecken, seifte mich ein und rasierte mich mit dem altmodischen Rasierapparat, den er seit dreißig Jahren gebrauchte. Ein tiefschwarzes Gesicht schaute mich aus dem Spiegel an. Ein etwa sechsundfünfzigjähriger Mann mit grauen Kraushaaren und dikken Lippen, den ich nicht erkannte.

»Papa?«

Diesmal hörte er mich. »Da bist du ja, Kuno«, flüsterte er, ohne die Augen zu öffnen. »Wer war denn der Neger mit dem Bart?«

»Niemand«, sagte ich.

»Ich sterbe.« Er holte Atem. »Ich möchte in meinem Wald begraben werden. Hinterm Haus. Nicht auf einem dieser scheußlichen Friedhöfe.«

»Wegen dem Foto«, sagte ich. »*Ich* bin schuld, daß die Mama ermordet wurde. *Ich* habe es aus dem Album genommen.«

»Ich kann dir sagen, wer schuld ist«, flüsterte er. »Schuld ist – « Sein Mund blieb offen. Er atmete nicht mehr.

Der Arzt kam herein. Er war vierschrötig wie immer, grüßte mich geschäftsmäßig und ohne jedes Erstaunen, packte den Unterarm meines Vaters, ließ ihn wieder fallen und leuchtete ihm mit einer winzigen Taschenlampe in die Augen. Er sah auf die Uhr. »Zehn Uhr achtundfünfzig«, sagte er. »*Extinctio candelae vitae.*« Er notierte den Befund.

Ich ging aus dem Zimmer. Draußen stand ich eine Weile lang im Korridor und wußte nicht, wohin mit mir. Dann klopfte ich an Herrn Bergers Tür und öffnete sie, als ich keine Antwort bekam. Auch Herr Berger lag reglos auf dem Bett und hatte die Augen geschlossen. Kein Atem, keinen, den ich vernahm.

»Ah nein!« rief ich. »Der nicht auch noch!«

Herr Berger fuhr in die Höhe. »Wer sind Sie?« rief er, auf dem Bett sitzend und mich aus panisch aufgerissenen Augen musternd. »Der Tod?«

»Kuno«, sagte ich.

»Der Tod ist schwarz.« Er atmete heftig aus und schwang die Beine vom Bett. »Aber Sie sind nicht der Tod.« Er erhob sich mühsam, und seine Beine zitterten immer noch. »Der Tod hat eine Sense. Oder einen Stachel. Je nachdem. Manchmal auch beides. Sie haben mir einen schönen Schrecken eingejagt.« Er lächelte nun sogar, wieder Herr seiner selbst. »Und Kuno sind Sie auch nicht. Kuno war der Pfleger hier im ersten Stock. Lieb, aber dumm wie eine Türe. Seitdem er weg ist, macht Schwester Anne die Etage. Eine Wucht von einer Frau. Was meinen Sie, wie oft ich schon die Notleuchte eingeschaltet habe.«

»Ihr Freund ist tot«, sagte ich. »Der alte Kuno.«

»Das kann nicht sein«, sagte er bestimmt. »Gestern noch hat er zu mir gesagt, er warte mit dem Sterben, bis sein Sohn zurück sei. Er wollte ihm etwas sagen.«

»Was?«

»Er hatte herausgefunden, wer die Schuld am Tod seiner Frau hatte.«

»Wer?« sagte ich. Mein Herz schlug heftig.

»Der Mörder natürlich! Wer sonst? Sie etwa?«

Das Telefon klingelte draußen im Korridor. Herr Berger spurtete los wie immer, aber ich hob den Hörer vor ihm ab. Eine leise Frauenstimme. Sie fragte, ob Herr Berger da sei.

»Für Sie«, sagte ich und hielt ihm den Hörer hin.

Er nahm ihn und horchte hinein. Schluckte und begann nicht nur an den Beinen, wie vorhin, sondern am ganzen Körper zu zittern. Ich schob ihm einen Stuhl hin, auf den er sich setzte. Er schwitzte.

»Du bist's«, sagte er.

Dann hörte er wieder zu, ohne ein Wort zu sagen. Er nickte nur ein-, zweimal. Die Frau am andern Ende der Leitung schien ihm vieles zu erzählen zu haben.

»Das Zimmer neben meinem ist eben frei geworden«, sagte er. »Du bist ein Glückspilz.«

Er hängte auf. »Meine Frau«, sagte er. »Zum ersten Mal war ich nicht zuerst am Apparat. Sie ist jetzt einundachtzig. Sie ist aus der Klinik entlassen worden. Geheilt.«

»Das ist ja wunderbar«, sagte ich.

»Sie kommt her. Gleich jetzt.«

»Um so besser.«

Er seufzte. »Was meinen Sie, wieso ich mich immer mit verstellter Stimme gemeldet habe?« Er gab die Antwort gleich selber. »Damit ich sagen konnte, Herr Berger, nein, da müssen Sie sich irren, der ist nicht bei uns. Ich wollte sie nie mehr sehen. Es war zu furchtbar gewesen. Ihr Weinen. Ihr Gesicht. Wie sie durchs Haus ging, als sei sie von einem fremden Stern.« Tränen glitzerten in seinen Augen. »Ich habe all die Jahre ihre Heilungskosten bezahlt. Am nächsten Ersten wäre ich pleite gewesen. Irgendwie ein gutes Timing von ihr.« Er schneuzte sich die Nase.

»Ihr werdet euch prima verstehen«, sagte ich. »Philemon und Baucis. Aber zuerst müssen wir Ihren Freund begraben.«

Anne half mir, meinen Vater auf eine Bahre zu hieven, während Herr Berger erschrocken auf seinen toten Freund blickte. Wir deckten ihn mit einem Leintuch zu. Dann rollten wir ihn durch den Korridor, in den Lift, durch den Nebeneingang zum Parkplatz, wo wir ihn in den VW-Transporter luden, mit dem er vor ganzen elf Tagen erst zu uns gekommen war. Herr Berger stieg als erster ein und setzte sich neben die Bahre. Ich saß am Steuer, Anne neben mir. Als wir aus dem Tor bogen, kam uns Cindy entgegen. Sie trug ihr Hard-Rock-Café-Shirt und hielt den Baseballspieler an der Hand. Sie schaute verblüfft auf den vertrauten Bus und seinen unvertrauten Fahrer. Ich winkte.

Auf unsrer Fahrt nach Witikon sagte keiner ein Wort. Viel Verkehr. Unsre Straße allerdings war leer wie immer. Ich parkte vor Anselms Haus, das kalt und unbewohnt aussah. Zu dritt wuchteten wir die Bahre den Gartenweg hinauf, schnaubend und fluchend, weil die Räder für Krankenhauskorridore und nicht für Kieswege konstruiert worden waren und die ganze Fuhre mehrmals zu kippen drohte.

Als wir oben waren, hatten Anne und Herr Berger rote Köpfe, und ich war mindestens schweißgebadet. Ich holte einen Spaten und eine Schaufel aus dem Schuppen. Gott sei Dank war der Waldboden weich, und nach einer halben oder auch ganzen Stunde hatte ich ein Loch ausgehoben, das groß genug war, meinen toten Vater aufnehmen zu können. Wir versuchten, ihn möglichst zart in sein Grab zu senken. Aber er glitt uns aus den Händen. Das Tuch verrutschte, und eine gelbe Hand kam zum Vorschein. Herr Berger hatte plötzlich den geschnitzten Guisan in der Hand und warf ihn in die Grube. »Damit ist's nun vorbei.« Dann schaufelte ich alle Erde hinein, schnell, so daß ein kleiner Grabhügel entstand, auf den Anne Dahlien, Phlox und Rittersporn legte, die wild im Garten wucherten. Keiner sprach ein Gebet, wir wußten keins. »Gehn wir«, sagte ich nach einer Weile.

Abwärts war die Bahre schneller als wir, und ich mußte rennen, um sie unter Kontrolle zu halten. Anselms Haus schwieg wie ein Pharaonengrab. Auch auf dem Rückweg sprachen wir nichts. Ich stellte den Transporter auf den Parkplatz. Wir gingen ins Haus, verdreckt und verschwitzt wie drei Teilnehmer einer Expedition, die zu überleben sie nicht erwartet hatten. Am Fuß der Treppe blieb ich stehen, streckte Herrn Berger die Hand hin und sagte: »Machen Sie's gut!«

»Ich habe Kuno gern gehabt«, sagte er. »Aber ich habe ja noch Schwester Anne.«

»Da würde ich mich nicht zu sehr drauf verlassen«, sagte diese. »Heute war mein letzter Arbeitstag.« Sie küßte ihn auf beide Wangen. Er wurde tiefrot, beinah so wie vor ein paar Stunden Anne selber. »Adieu.«

Wir sahen ihm nach, wie er langsam die Treppe hochging, ein alter Mann in einem alten Anzug. Mit jedem Schritt, den er tat, sah er eleganter aus. Weltläufiger. Oben wandte er sich nach uns um und winkte. Nun hatte er sich in den heiteren Herrn zurückverwandelt, der es genoß, die Mühen der Mannesjahre hinter sich zu haben. Er verschwand.

Ich duschte in Annes Zimmer. Es war mit afrikanischen Masken, Skulpturen, Teppichen vollgestopft. Eine regelrechte Sammlung, und eine gute. Sie sah meinen Blick und sagte: »Afrika hat mich immer begeistert. Ein Jammer, daß ich nicht schwarz bin.«

»Man kann nicht alles haben«, sagte ich.

Dann brachen wir auf. Anne trug eine Tasche, in der nicht viel mehr als ihre Zahnbürste Platz hatte. Auf der Zufahrt begegneten wir einer alten Dame, einem koboldartigen Wesen in einem aus farbigen Flicken zusammengenähten Rock, das heftig winkte, aber nicht uns, denn als wir uns umwandten, sahen wir Herrn Berger unter dem Hauptportal stehen. Er trug jetzt seinen Hut und hob zögernd eine Hand. Dann rannten beide los. Sie trafen sich halbwegs und fielen sich in die Arme. Sahen sich lange an, ohne sich loszulassen. Endlich gingen sie ins Haus, einen schweren Seemannssack zwischen sich, den Frau Berger wohl die ganze Zeit schon geschleppt hatte und den ich erst jetzt bemerkte.

Am Flughafen kaufte ich zwei Tickets nach Kinshasa. Ich hatte ja noch die fünftausend Franken von Anselm, und Anne hatte die Reste von ihrem letzten Lohn eingesteckt. »Das Visum für Zaire haben Sie?« sagte die Hosteß, die uns die Tickets ausstellte. Und bevor Anne antworten konnte, tat ich es. »Aber natürlich!« Anne sah mich an, und ich nickte.

Dann wechselte ich das übriggebliebene Geld – immerhin mehr als zweitausend Franken – in Dollars, bis auf einen Rest, mit dem ich eine Sonnenbrille – das gleiche Modell – und einen Rasierapparat kaufte. Von einem Münztelefon aus rief ich den Hausarzt meines Vaters an, der sicher auch der Anselms war. Er war zwar nicht der einzige Arzt in Witikon, nicht mehr. Aber er war der einzige für Menschen, die seit sechzig Jahren in dieser ausufernden Vorstadt lebten, die in ihren jungen Jahren ein Dorf gewesen war. Die Praxishilfe hob ab.

»Hier spricht Anselm Schmirhahn«, flüsterte ich mit seinem Zünftler-Akzent. »Mir ist nicht gut. Kommen Sie schnell.« Ich stöhnte heftig und hängte ein.

Wir gingen durch die Paßkontrolle und zum Gate A 86, wo die vertraute MD-11 zum Rückflug bereitstand. Andere Stewardessen, aber sonst alles wie zuvor. Ich hatte sogar denselben Sitz, den ich Anne überließ, damit sie am Fenster sitzen und auf Afrika hinuntersehen konnte.

ES WAR noch kühl, als wir im Licht der aufgehenden Sonne übers Vorfeld des Flughafens von Kinshasa zum Zollschuppen hinüberschlenderten. Ich setzte meine neue Sonnenbrille auf. Wieder stand derselbe Beamte hinter dem Blechtisch, und auch dieses Mal trug er meine Brille. Er starrte mich an. Dann nahm er Annes Paß und begann ihn so langsam durchzublättern, als sei er ein Altphilologe und das Dokument voller Hieroglyphen.

»Dans quel but comptez-vous voyager dans la République du Zaïre?« murmelte er endlich doch noch.

»Sie ist meine Frau«, sagte ich. »Und hier drin ist das Visum.« Ich schob ihm den Kriminalroman hin, den vom letzten Mal. Er nahm ihn, las den Titel, sagte »Taugt nicht viel, sag ich Ihnen nur«, öffnete ihn und warf einen schnellen Blick auf die Dollarnoten, die darin lagen. Er verzog keine Miene. »Das ist das Visum«, sagte er. »Und wo sind die Ehedokumente?«

Ich nahm das Buch wieder an mich, legte meine restlichen Dollars hinein und gab es ihm zurück. Er nickte. »Einfuhr verboten!« sagte er laut, für die andern Passagiere, und legte das Buch in die Schublade. Und zu mir: »Schöne Brille, die Sie da aufhaben.« Ich nickte. »*Meine* Lieblingsautoren sind Diderot und Ambler«, sagte ich. Er sah mich an, als durchsuche er sein Gehirn nach dem Echo meines Satzes, winkte dann unwillig und wandte sich dem nächsten Reisenden zu, einem dicken Schwarzen, der einen dunkelroten Fez trug.

Draußen hatte sich die kühle Luft in eine frühe Hitze verwandelt. Anne strahlte; so mochte sie es. Ich begann just mit den Taxifahrern zu palavern – unter ihnen auch der vom letzten Mal –, als ich weit hinten auf dem Flugfeld die Maschine sah, mit der ich vorgestern hierhergeflogen war. Ihre Motoren liefen, und ein paar Männer waren dabei, die Treppe wegzustoßen. »Los!« rief ich und faßte Anne bei der Hand. Die Arme verwerfend rannten wir auf das Flugzeug zu, das bereits zu rollen begann. Es bremste, die Leiter wurde wieder nach unten gelassen, und wir kletterten hoch. Die Luke fiel hinter uns zu.

»Willy hat mir gesagt, ich soll auf Sie warten«, rief der Pilot über seine Schulter hinweg. »Aber ich dachte, Sie kommen nicht mehr.«

»Der Zoll«, brüllte ich. »Die machen immer Scherereien.«

Die Motoren heulten auf. Das Flugzeug dröhnte, als wolle es gleich auseinanderbrechen. Kurz vor dem Pistenende hoben wir ab. Das ferne Meer, die Livingstone-Fälle, die sogar von hoch oben gigantisch aussahen, und dann war nur noch Wald unter uns, ein Meer auch er, grüne Wogen bis zum Horizont.

In Kisangani brannte die Sonne ohne jede Gnade vom Himmel. Anne strahlte nicht mehr, sondern schnappte nach Luft, als wir auf dem holprigen Grasplatz standen, der das Flugfeld war. Ich legte einen Arm um sie und nahm ihn gleich wieder weg, weil auch ich in Schweiß schwamm. Zum Glück hatten wir es nicht weit. Nach ein paar Minuten nur waren wir auf dem Areal der Brauerei und stiegen die Treppe des ockerfarbenen Hauses hinauf. Ich klopfte an die Tür und trat ein.

Willy saß in denselben Tropenkleidern, in denen er damals nach Afrika aufgebrochen war, am Tisch. Ja, er war Willy. Er mußte es sein. Ich war ja auch Kuno. Erkennen aber tat ich ihn nicht. Graue Augen, dicke Lippen, Runzeln im ganzen Gesicht. Er hatte die Jacke nicht zugekriegt und zwei Knöpfe über dem Bauch offengelassen. Der Helm lag vor ihm, und neben seinem Stuhl stand ein Koffer. Über ihm drehte sich der Ventilator. »Da bist du ja«, sagte er.

»Darf ich dir Anne vorstellen?« Irgend etwas veranlaßte mich, förmlich zu sein. »Anne, das ist Willy.« Anne lächelte durch die Schweißbäche hindurch, die über ihr Gesicht strömten, und Willy, von mir angesteckt, machte eine Art Diener, ohne aufzustehen allerdings. Er wies auf zwei leere Stühle, und wir setzten uns.

»Irgendwelche Probleme?«

»Nein.« Ich gab ihm das Testament. »Das heißt, Anselm ist tot.«

Er warf einen Blick auf das ziemlich ramponierte Dokument. »Dann gehe ich jetzt«, sagte er. »Die Maschine macht hier nur rechtsumkehrt. Sophie mag die *Perle des Afriques*. Ich nicht.«

Ich wies auf einen Wasserzuber, in dem ziemlich viele Flaschen Osterbock standen. »Wir sind am Verdursten.« Ich öffnete drei Flaschen, und tatsächlich blieb er sitzen und nahm eine. Er sah Anne an. »Trinken Sie, Madame. Es wird Ihnen guttun.« Er zog die Mundwinkel nach oben, beinah als ob er lächelte.

»Nie habe ich ein Bier nötiger gehabt«, sagte Anne.

»So sehe ich das auch.« Jetzt war sein Lächeln so deutlich, daß es bei jedem anderen ein hemmungsloses Gelächter gewesen wäre.

Wir tranken. Das Bier schmeckte köstlich, und ich öffnete drei weitere Flaschen. Wir stürzten auch sie in einem Zug hinunter. Dann stand Willy auf, mit einer endgültigen Energie. »Von nun an bist du der Boß hier«, sagte er zu mir. »Ich habe die Leute instruiert. Du wirst keinerlei Schwierigkeiten haben. Vergiß das nächste Königstreffen nicht. Du bist jetzt ein Herrschermonster.«

Er nahm den Koffer, nickte uns zu, ging zur Tür, öffnete sie und wandte sich nochmals um. »Ach ja. Fast hätte ich es vergessen.«

»Ja?« Ich war eben dabei, zwei weitere Flaschen zu öffnen.

»Der großmächtige Löwenkönig, der mit den Fetischen, gegen die kein anderer ankommt, hat mir ein Ultimatum gestellt. Er behauptet, das Land, auf dem die Brauerei steht, sei seins. Heute abend läuft es ab. Ich denke, daß er dich heute nacht angreift.«

»Was?!«

»Du hast zweiundzwanzig Kalaschnikows.« Er lächelte. »Kein Problem.«

Ich schluckte, und Anne sah mich fragend an. Sie hatte nicht begriffen, um was es ging, oder nur halb. »Wie heißt er eigentlich?« sagte ich. »Dieser Schreckensherrscher?«

»Weißt du das nicht?«

»Woher denn?«

»Ist auch besser so.«

Er schloß die Tür und stieg die Treppe hinunter. Durchs Fenster sah ich, wie er über den Platz ging. Sophie trat aus dem Schatten eines Stapels aus Fässern. Auch sie trug das Kleid von damals und hatte nur eine Sandale an. Die andre hielt sie in der Hand, schlenkerte sie wie eine Handtasche und hinkte ein paar Schritte neben ihm her. Ich erkannte sie ebenfalls nicht, obwohl ich sicher war, meine Sophie vor mir zu sehen. Wo war ihr kleines Kinn hin, ihr Näschen? Willy legte einen Arm um sie und wartete, bis sie die zweite Sandale angezogen hatte. Beide lachten. Der Hund kam aus einem Tor geschossen und sprang bellend an den beiden hoch. Alle drei verschwanden hinter Sabas Buchhalterbüro.

Anne und ich blieben am Tisch sitzen. Wir sahen uns an, hielten uns die Hände, küßten uns quer über den Tisch und tranken ein Bier nach dem andern. Es war zu heiß, um etwas anderes zu tun, und die Hitze, zunehmend auch das Bier, hinderten mich daran, an die kommende Nacht zu denken. Daß wir, bevor der Morgen graute, nebeneinander auf Pfählen steckten, ohne Ohren, ohne Nasen, mit verstümmelten Genitalien. Anne trank ein Bier nach dem andern, und ich übertraf sie vielleicht noch. Das Lichtviereck, das die Sonne durch das Fenster warf, wanderte über den Fußboden. Der Ventilator surrte. Einmal schrie, fern, ein Affe, der zu früh aufgewacht war. Bierfässer rumpelten über den Hof, und natürlich rauschten die Fälle.

Irgendwann begann die Sonne den Tisch und die Flaschen rot zu färben. Der Raum glühte. Auch Anne sah anders als zuvor aus. Schöner, strahlender. Ihre Haare waren nicht mehr blond und glatt, sondern flammten purpurn und krausten sich. Ihre Lippen waren voller geworden. Ihre Haut war dunkler. Ja, ich konnte regelrecht zusehen, wie sie schwarz wurde. Ich vermochte die Augen nicht von ihr zu lösen, während sie sich ahnungslos eine weitere Flasche in den Mund steckte. Bei mir hatte es zwei Tage gedauert. Vielleicht ging es bei Frauen schneller.

Als Anne endgültig schwarz war – sie sah überwältigend aus –, hörte ich fernes Trommeln. Als ob die Horizonte tanzten. Es kam näher, das rhythmische Gedröhn, und war bald ziemlich laut. Es umschloß uns von allen Seiten.

Auch Anne hörte es und hob fragend den Kopf. »Sie wollen uns umbringen«, sagte ich, seltsamerweise ohne jede Angst. Im Gegenteil, eine Welle eines ganz neuen Gefühls überschwemmte mich. Heiß, großartig. Als hätte ich seit Jahrzehnten auf so eine Gefahr gewartet. Ich sah Anne an, um herauszufinden, ob sie denn erschrocken war. Sie war es, aber aus einem ganz andern Grund, denn sie hatte ihren Schminkspiegel hervorgeholt – um ihr Lippenrot zu kontrollieren, vermutlich – und bemerkt, was mit ihr geschehen war. Sie starrte auf ihr Spiegelbild. »Mein Gott«, murmelte sie. »Mein Gott.« Sie klang nicht panisch, wie ich damals im Flugzeugklo, sondern überrascht, und als sie zum dritten Mal »Mein Gott!« sagte, war ihre Stimme entzückt. »Hast du das gesehen!?«

Sie sprang auf, kam um den Tisch herumgerannt, riß mich von meinem Stuhl hoch und fiel in meine Arme. Ihr Mund stand offen, ihre Augen glühten, ihre Zähne leuchteten. »Ein Wunder!« rief sie. Sie schluchzte und lachte, und ich tat es ihr nach. Wir hielten uns umklammert, auch weil wir jetzt, aufrecht stehend, merkten, daß wir betrunken waren.

Die Tür wurde aufgestoßen, und Saba kam hereingestürzt. Hinter ihr keuchte der Mann die Treppe hoch, mit dem sie am Morgen nach dem Dämonentreffen gelegen hatte. Sie trug diesmal ein Hemd und Jeans und hielt eine Kalaschnikow in den Fäusten. »Sie sind da!« rief sie. Der Mann hinter ihr nickte heftig. In der Tat dröhnten die Trommeln so laut, als stünden sie im Hof unten.

»Sind Sie nicht mitgegangen?« sagte ich und versuchte, allein zu stehen. »In die Schweiz?«

»Mein Land ist hier!« Sie hob den Kopf, eine Königin. »Und mein Mann auch.« Sie faßte seine Hand. Er versuchte zu lächeln, aber als die Trommeln draußen zu einem wahren Chaos anschwollen, stöhnte er auf und sah angstvoll zwischen ihr und mir hin und her.

»Was tun wir jetzt?« fragte ich Saba.

»Das wollte ich *Sie* fragen. Willy hat gesagt, Sie sind jetzt der Chef.«

»O.k.« Ich hielt mich an der Tischkante fest. »Ich übernehme also das Kommando. Ich befehle, daß Sie die Verteidigung organisieren.«

»Sie sind mindestens dreihundert«, sagte Saba. »Maschinengewehre, Mörser, Handgranaten. Alles.«

»Ich habe einen Fetisch.« Ich holte den Wollfaden aus der Tasche. »Er ist schon einmal mit dem schrecklichen Löwenkönig fertig geworden.«

Saba nahm ihn, ehrfürchtig, so wie man etwas Heiliges anfaßt. Sie zitterte. »Er ist tatsächlich echt«, flüsterte sie. Auch der Mann sah den Wollfaden staunend an.

»Behalten Sie ihn«, sagte ich. »Ich habe noch einen andern. Einen bessern sogar.«

Sie band sich den Faden um den Hals. »Wollfadenfetische sind die besten überhaupt«, sagte sie. »Die echten sind hundert und mehr Jahre alt.«

Wir gingen die Außentreppe hinunter. Es war dunkel geworden, und das einzige Licht, von einem fahlen Mond einmal abgesehen, kam aus großen Fässern, in denen Öl brannte. Auch auf den Dächern der Lagerschuppen standen welche und warfen ihr Licht bis zum Dschungel hin. Der kreischte und tobte, als seien die Bäume selber verrückt geworden. Kleine hysterische Trommeln und große schwere Pauken. Schrille Hörner. Schellen, die eher klirrten als klangen. Und Frauen, die schrien, als nähmen sie unser Schicksal vorweg.

Vor dem Schuppen, in dem ich in einen Dämon verwandelt worden war, stand meine ganze Armee. Die Soldaten hatten ihre Waffen in der Hand und sahen uns verstört entgegen. Saba sagte etwas zu ihnen, was ich nicht verstand – zeigte auf den Wollfaden um ihren Nacken –, und sie rannten johlend los, jeder in eine andere Richtung. Ich hielt den letzten auf und nahm ihm seine Kalaschnikow weg. »Ich ernenne Sie zum Meldeläufer«, sagte ich. »Sie laufen zwischen Saba und mir hin und her.«

Er nickte und stellte sich hinter Saba.

»Und wir?« fragte ich diese.

»Ihr zwei sichert die Ostseite.« Sie deutete auf das Dach eines langgestreckten Lagerschuppens. »Gut möglich, daß sie von daher angreifen.« Sie sprach klar und bestimmt, als habe sie immer schon militärische Kommandos innegehabt.

Anne und ich verschanzten uns hinter einem niedern Mäuerchen, das dem Dach entlanglief. Wir überblickten ein abgeerntetes Maisfeld, hinter dem der Dschungel aufragte. Zwei Fässer brannten darin und beleuchteten die schwarze Wand aus Bäumen. Schatten tanzten. Der Lärm war unendlich. Hie und da eine Salve aus einem Maschinengewehr. Ein nervöser Soldat, einer von uns wohl, der auf die unsichtbaren Waldgespenster schoß. Die Augen fielen mir zu, aber ich riß sie gleich wieder auf. Der Dschungel drehte sich um mich, oder ich wirbelte in ihm. Bäume, Schatten, die Leuchtfässer waren zwiefach. Ich stöhnte und atmete tief ein und aus, um die Phantome drüben im Wald ohne ihre Doppelgänger zu sehen. Einmal schoß ich auch eine Salve in den Wald, ohne ihn zu treffen vielleicht. Ich legte einen Arm um Anne und merkte, daß sie schlief. Ihr Mund stand offen, sie atmete leise und lag lächelnd da. Ich küßte sie. Dann starrte ich mit doppelter Aufmerksamkeit zum Wald hinüber, starrte auch noch, als mir die Augen längst zugefallen waren, denn ich träumte, ich sei hellwach und sähe unverwandt in jenen Wald, der uns töten wollte.

Als ich aufwachte, war es taghell. Das Maisfeld lag leer und reglos in einem grellen Sonnenlicht. Die Stoppeln warfen kleine Schatten. Die Fässer waren schwarz. Der Wald war eine grüne Mauer. Kein Laut zu hören. Nur Anne, die neben mir auf dem Bauch lag, schnarchte sanft.

Ich kratzte mich am Kopf. Was war los? Hatte ich einfach zuviel Bier getrunken und mir eingebildet, mörderische Kannibalen wollten uns ans Leder? Hatte ich Alpträume gehabt? Ich stand auf, gähnte, reckte die Arme und spuckte aufs Maisfeld hinunter.

Ein paar hundert Kalaschnikows begannen zu schießen, und ihre Kugeln pfiffen um meinen Kopf. Eine sehr nah. Ich warf mich hinter das Mäuerchen und fluchte erschrocken vor mich hin. Anne war wach und starrte, ohne zu begreifen, auf ihren rechten Zeigefinger. Er blutete. Ein Querschläger hatte ihn gestreift.

Nun schossen auch Sabas Soldaten wie wild. Das heißt, ich nahm an, sie seien es. Ich sah niemanden, weder im Wald noch auf den Dächern. Dreck spritzte im Maisfeld auf. Gelbe Stoppeln flogen durch die Luft, und im Dschungel flatterten Äste. Es klang, als seien wir alle wahnsinnig geworden, alle gleichzeitig. Ich fummelte in meinen Hosentaschen nach einem Taschentuch herum, mit dem ich Annes Wunde verbinden konnte. Nichts. Statt dessen hielt ich einen kleinen Karton in der Hand, eine Visitenkarte, auf der in einer Goldprägeschrift, die an römische Tempel erinnerte, ein einziges Wort stand: MOBUTU. Darunter in einer krakeligen Handschrift eine mit Bleistift geschriebene Nummer. Fünf eins eins eins zwei. Ich schnappte nach Luft. Als ich gestern zu Saba gesagt hatte, ich hätte noch einen Fetisch, einen bessern sogar, hatte ich nur blöde dahergeredet. Der Optimismus der Besoffenen. Aber ich hatte ihn. Hier war er.

Ich stieg, so schnell ich nur konnte, die steile Leiter in den Innenhof hinunter, wo mir der Meldeläufer entgegengerannt kam und schrie, Madame Saba schicke ihn, und wir hätten bald keine Munition mehr und nicht den Hauch einer Chance.

»Zehn Minuten«, rief ich, über den Hof laufend. »Ihr müßt noch zehn Minuten durchhalten.«

Er salutierte und rannte davon.

Ich stürzte in Willys Haus, das jetzt meines war, und fand auch sofort das Telefon. Es lag immer noch neben der Spüle. Ich wählte die Nummer. Zischen, Klirren und Krachen. Ein ferner Satellit hoch oben im All kämpfte mit einer Empfangsstation auf Erden. Dann hob jemand ab. »Ja?«

»Hier spricht Kuno«, sagte ich. »Der Groß-Wesir von Willy. Sie haben mir Ihre Karte mit Ihrer *Priorité-absolue*-Nummer gegeben.«

»Aber ja!« rief Mobutu. Er klang erfreut und wie von einem andern Stern. »Was bringt Sie denn zu mir?«

»Ihre Armee ist eben dabei, uns alle umzubringen. Das geschieht sicher ohne Ihr Wissen und gegen Ihren Willen.«

»Ich mag Sie«, sagte Mobutu. »Aber ich mag Willy nicht. Leider hören meine Leute erst auf, wenn sie ihn haben. Tot oder lebendig.«

»Er hat Zaire verlassen und wird nie wiederkommen.« Ich richtete mich auf, königlich fast, obwohl ich allein in meiner Küche stand. »Ich bin nicht mehr sein Groß-Wesir. Ich bin sein Nachfolger.«

Am andern Ende der Leitung war es still, und ich fürchtete schon, die Verbindung sei unterbrochen. Aber dann sprach der gewaltige Löwenherrscher wieder.

»Sie müssen mich mal besuchen«, sagte er. »Ich bin gerade dabei, einen Prunksaal zu bauen, um fremde Würdenträger empfangen zu können. Alte Freunde. George Bush, wissen Sie, Mitterrand, oder Sie. Der Saal wird so groß, daß ich den Petersdom hineinstellen könnte.«

»Danke«, sagte ich. »Aber was tun wir jetzt mit Ihren Soldaten? Sie schießen meine Brauerei in Stücke.«

»Das geschieht gegen meinen Willen. Ohne mein Wissen. Das ist Ihnen doch klar. Holen Sie mir den kommandierenden General an die Strippe.«

Ich legte den Apparat auf einen silberglänzenden Teller, der in der Spüle lag, nahm ein Geschirrtuch von einem Haken – es war mehr oder weniger weiß – und ging hinaus. »Feuer einstellen!« rief ich dem Meldeläufer zu, der schon wieder, Panik im Gesicht, hergerannt kam. »Jetzt ist *mein* Fetisch an der Reihe.«

Er starrte auf das Telefon, das auf dem Teller funkelte, und stürzte zu Saba zurück. Ich ging, die weiße Fahne schwenkend, quer über das Maisfeld, das ich von meinem nächtlichen Ausguck überblickt hatte. Wahrscheinlich sah mir Anne zu. Die Stoppeln machten ein würdiges Schreiten unmöglich, aber ich gab mir alle Mühe. In der Mitte des Feldes blieb ich stehen. Wartete bewegungslos, die Fahne in der einen und das Telefon in der andern Hand.

Nach ein paar Minuten kam ein Mann aus dem Dschungel heraus. Er trug einen modernen Kampfanzug und hatte darüber die Insignien seiner Würde gehängt: Federn, Totenköpfe, Löwenschweife. In einer Hand hielt er eine Kalaschnikow. Er schritt ebenso würdig wie ich und blieb ebensooft an den Stoppeln hängen. Er war der Kommandant der Leibgarde, der Riese, und sah auch jetzt wie ein Mörder aus. Als er ein paar Schritte von mir entfernt war, blieb er stehen.

»Telefon«, sagte ich. »Für Sie.«

Er nahm den Hörer und hielt ihn ans Ohr. »Ja?« Er klang genau wie sein Herr, blickte aber wesentlich herrscherlicher. Dann allerdings knickte er in sich zusammen, als habe ihm jemand einen Tritt in die Kniekehlen gegeben. Er verbeugte sich ein übers andre Mal. Endlich nahm er den Hörer vom Ohr. »Der Großmächtigste aller Herrlichen hat die Güte, mein Schicksal in Ihre Hände zu legen«, sagte er mit einer Stimme, die schon tot war.

Ich nahm den Hörer. »Ja, bitte?«

»Ich habe ihm gesagt, daß er reif für die Krokodile ist.« Mobutu schien sehr guter Laune zu sein. »Aber entscheiden Sie.«

»Ihr bester Freund«, sagte ich. »Das wäre ein Jammer.«

»Da haben Sie auch wieder recht. Ende.« Mobutu hängte auf, und die Leitung war unterbrochen.

Der General wirkte immer noch ganz verstört. »Wenn ich das gewußt hätte«, murmelte er. »Daß Sie unter seinem persönlichen Schutz stehen.«

»Ich habe es selber nicht gewußt«, sagte ich, rollte die weiße Fahne ein und steckte das Telefon in die Hosentasche.

Er machte rechtsumkehrt und rannte über das Maisfeld zurück. Er stolperte mehrmals und fiel beinah hin. Verschwand zwischen den Bäumen, und gleich darauf hörte ich gebellte Befehle, Rufe, Flüche, das Rauschen der Lianen, durch die Mörser und Geschütze geschleift wurden. Die Armee brach auf. Die Soldaten waren nun überhaupt nicht mehr leise und schwatzten und lachten. Ihre Stimmen klangen immer ferner, genau wie eine einzelne Trommel, die einen schnellen Marschrhythmus schlug. Und bald waren nur noch die Affen, die Vögel, die Wildkatzen und die Stanley-Fälle zu hören.

Auf den Dächern der Brauerei standen meine Soldaten und tanzten, die Gewehre über den Köpfen. Sie sangen und juchzten und schossen ihre letzten Patronen in die Luft. Zwischen ihnen, Arm in Arm, Saba und Anne. Sie sahen sich zum Verwechseln ähnlich, zwei schwarze Schönheiten. Als ich in den Hof trat, kamen sie die Leiter heruntergeklettert. Mit ihnen Sabas Mann. Saba hatte ihr Hemd ausgezogen, so daß der Wollfaden um so weißer auf ihrer schwarzen Haut leuchtete, und Anne hatte ihren Finger mit einem roten Stofffetzen umwickelt.

»Wie hast du das hingekriegt?« sagte sie.

»Saba hat das hingekriegt«, antwortete ich. »Ihr Fetisch.«

Saba nickte. »Da ist noch was«, sagte sie dann.

»Was denn?«

»Bébé.« Sie wies auf den Mann. »Er braucht eine Arbeit.«

Ich sah ihn an. Er war riesig, ein schwarzes Gebirge. Er schien nur aus Kraft zu bestehen. »Können Sie Bier brauen?«

»Nein«, sagte Bébé.

»Aber Fässer werden Sie doch rollen können.«

»Vermutlich.«

»Er hat Mikrobiologie studiert«, sagte Saba. »An der Sorbonne. Der beste Abschluß seines Jahrgangs.«

Bébé hob entschuldigend die Arme. »Ein brotloser Beruf«, murmelte er. »Jedenfalls in Kisangani.«

»Ich ernenne Sie zu meinem Groß-Wesir«, sagte ich.

»Danke.« Er schaute Saba an. »Ich hoffe, ich kann das.«

»Also hör mal«, sagte diese und wies mit dem Kinn auf mich. »Wenn *der* es gekonnt hat.«

IN DER ZWISCHENZEIT lebe ich unter dem Äquator, als sei ich nie woanders gewesen. Ein Eingeborener. Tag für Tag eine Luft, die so glüht, daß ich vor der Sonne aufstehe und ein paar Stunden zu dösen versuche, wenn sie im Zenit steht. Ich gehe fast nackt, Lendenschurz, kurze Hose, so was. Ein Hut, wenn ich ins Freie muß. Ich spreche nur noch französisch und kann die Sprache der Eingeborenen radebrechen.

Anne und ich sind verliebter denn je. Wir schlafen im Bett Sophies und Willys. Essen an ihrem Tisch, aus ihrem Geschirr, ihre Lieblingsspeisen sogar, die der Koch für uns mit derselben Begeisterung wie für sie kocht. Ich bin, seit einem Jahr und sieben Tagen nun, immer noch fassungslos, wenn ich Anne erblicke. Ich kann mich an ihren weißblitzenden Augen und Zähnen nicht satt sehen, ihren Lippen, den Kraushaaren, den Brüsten, ihrem schwarzen Bauch, um den sie stets eine Kette aus winzigen Holzkügelchen trägt. Sie, umgekehrt, liebt mich ebenso. Ich bin ja mindestens so schwarz wie sie. Wir küssen uns Nacht für Nacht. Tagsüber arbeiten wir.

Anne stellt, zusammen mit Saba, die Buchhaltung auf Computer um. Es war ein ziemliches Theater, bis wir unsern Macintosh hatten: aber wir haben ihn nun. Samt dem Laptop und dem Drucker. Wir haben auch eine unabhängige Stromversorgung, wenn das Elektrizitätsnetz, wie es das jeden Tag ein paarmal tut, zusammenbricht. Keine Solaranlage – die wäre mir zu teuer, und sie käme nie heil hier an –, sondern ein altmodischer Generator, der von zwei Wasserrädern im Fluß tief unter uns angetrieben wird. Ich habe eine regelrechte Brauereilehre absolviert und kann jetzt Bier herstellen. Afrikanisches Bier, in der Theorie wenigstens. Ich war in allen Abteilungen, habe den Sud angesetzt oder Rentabilitätsrechnungen durchgeführt, und ich habe Fässer über den Hof gerollt. Bébé hat das gleiche Programm wie ich absolviert und ist meine rechte Hand.

Die Produktion des Osterbocks habe ich um achtzehn Prozent steigern können. Wir exportieren es sogar in die Touristenzentren des Senegal und der Elfenbeinküste sowie in einige Spezialshops in Amsterdam, Brüssel und Zürich. Das Lagerbier brauen wir seit einem halben Jahr ganz ohne Hopfen und Malz. Der Anteil war so oder so symbolisch geworden und der Import kompliziert und teuer. Wir nehmen ein K'hama genanntes Kraut – es wächst wild hier –, so daß das Bier für europäische Gaumen vollends bizarr schmeckt. Allerdings gibt es hier keine europäischen Gaumen. Wir sind, im Herzen Afrikas, der Markt-Leader. Die einzige Brauerei weit und breit. Heineken oder Tuborg, die es an der Küste unten auf sechzig Prozent Marktanteil bringen, kriegt man hier nur im Interconti, einer verelendeten Version des Interconti in Kinshasa, an der Bar, wo ich ein einziges Mal war und zwei Heineken trank. Kein Gast außer mir, ein Barkeeper, der melancholisch die seit Monaten gleich vollen Likörflaschen abstaubte, ein bewegungsloser Ventilator auf der Theke, der dahin gestellt worden war, weil die Klimaanlage nicht mehr funktionierte.

Ausgebaut, gestohlen, verkauft. Vom Barmann vermutlich. Das fremde Bier schmeckte bereits ungewohnt. Ich hatte mich an meines gewöhnt.

Ich habe mit dem Inkasso all der Rechnungen begonnen, die die Stammesfürsten bei Willy offenstehen hatten. Etwa die Hälfte der machtvollen Herrscher hat tatsächlich bezahlt! Sogar Mobutu hat einen Scheck geschickt, von seinem Buchhalter mit dem Abdruck seines Daumens unterzeichnet. Allerdings hat er, nur er weiß, warum, zehn Prozent Skonto abgezogen. Unser Cash-flow, sagt Saba, sei noch nie so gut gewesen, jedenfalls nicht, seitdem sie die Buchhaltung mache.

Die Stadt – Kisangani hat immerhin um die dreihunderttausend Einwohner – sehe ich nur, wenn ich zum Tor der Brauerei hinausgehe, weit nach vorn bis zur ersten Kurve der Serpentinenstraße. Da liegt sie dann tief unter mir. Ein Chaos aus Häusern. Die Lehmdächer der alten Behausungen und wellblechbedeckte Hütten; manche zwischen Hochhäuser eingeklemmt, deren Mauern voller Risse und deren Fensterscheiben zerklirrt sind. Ein Wald aus Fernsehantennen. Stinkiger Dunst über allen Straßen. Ich war ein einziges Mal unten, eben als ich das Heineken trank. Die Sehnsucht nach dem Treiben einer Großstadt hatte mich gepackt. Um nicht erkannt zu werden – die Polizei verfolgt die Repräsentanten alter Stammesmacht und kann, obwohl sie keinerlei Rückhalt in der Bevölkerung hat, ziemlich lästig sein –, zogen wir in einfachen Lendenschürzen los. Der ganze Hofstaat, keine Frauen allerdings. Wir waren eine ganze Armee grinsender, etwas furchtsamer Männer. Nur Bébé war nicht davon abzubringen gewesen, den Löwenfetisch des Groß-Wesirs mitzutragen: so daß die heiligen Pfoten eher unmotiviert über seiner haarigen Brust baumelten. Wir strichen, von niemandem beachtet, durch glühende Straßen. Bars, Bazars, Buden voller Schrott. Das Rauschen der Fälle war hier unten viel lauter als bei uns oben. Es übertönte das Schreien und Schwatzen der Menschen, die überall durcheinanderwimmelten. Körbe auf den Köpfen der Frauen, von fluchenden Männern geschleifte Kisten voller Kokosnüsse oder Bananen. Fliehende Schweine, denen Kinder hinterdreinrannten. Ein paar Fahrradfahrer. Hie und da ein in schwarze Dieselwolken gehüllter Bus, an den sich die Passagiere klammerten. Rufe, Gelächter, Geschrei. Einmal ein Gemetzel vor einem Restaurant, ein sekundenschneller Schrecken, bei dem einer der Kämpfenden, ein Junge noch, blutend liegenblieb. Niemand kümmerte sich um ihn; wir auch nicht. Wir landeten in einem Kino, wenn auch nicht in dem, das wir eigentlich gesucht hatten. Wir hatten den Stadtplan in der Brauerei oben vergessen. So hockten wir dann in einer Baracke aus Holzplanken und Tüchern und sahen nicht, wie geplant, »Out of Africa«, sondern »Rocky III«, in dem Sylvester Stallone, ein Italiener, dessen Hose aus der amerikanischen Flagge geschneidert war, bei einem Boxkampf auf Leben und Tod einen germanischen Hünen auf französisch beschimpfte – der Film war synchronisiert – und ihn, als der auf deutsch zurückbellte, wortlos k.o. schlug. Meine Männer heulten vor Vergnügen. Ich ging vor dem Ende der Vorstellung ins Freie und trank an einem mit Bananenblättern überdachten Ausschank eine süße Limonade, bald unterstützt von Bébé, dem der Film auch nicht gefiel. Die andern – keine Ahnung, was die nach unserm Weggehen anstellten. Jedenfalls fuhren plötzlich drei Polizeiwagen vor, Lastautos mit Gitterkäfigen auf den Pritschen, und wir mußten zusehen, wie die gesamte Belegschaft der Brauerei abgeführt wurde. Alle Männer sprachen gleichzeitig auf die Polizisten ein, die gelangweilt die Schlagstöcke gegen die Innenflächen ihrer Hände schlugen, und kamen erst am nächsten Morgen nach Hause. Zwei hatten blaue Augen und einer einen verstauchten Arm. Bébé und ich schlichen in der Abenddämmerung an Häusern und Hütten vorbei, in denen das immer gleiche Fernsehprogramm lief, eine *Soap-opera* über die Walddämonen vergangener Zeiten. Zu Hause tranken wir noch ein Bock in der Küche, und als sich Anne und Saba zu uns setzten, erzählten wir ihnen vom Menschentreiben in den Straßen der Stadt, nicht aber von unserm Kinobesuch und daß die Polizei gekommen war.

Ich war auch, da ich nun selber ein Großmächtiger bin, beim alljährlichen Häuptlingstreffen. Es fand diesmal hoch oben am Lualaba statt, gerade eben erst, in der Nähe von Ntala. Wir fuhren mit acht riesigen Einbäumen flußaufwärts und brauchten fast drei Wochen, weil unsere Außenbordmotoren immer wieder kaputtgingen. Ich trug Willys Maske, die noch schwerer war, als sie aussah, und stand, als wir ins Rund der Clans traten, auf den Schultern meiner Hünen, von denen der vierte genesen war. Der Gnom, sein Ersatz vom letzten Jahr, hatte wieder seine alte Funktion als Triangelschläger im Hoforchester übernommen und schien mit mir versöhnt. Jedenfalls grinste er mich freundlich an, ganz anders als beim letzten Mal. Bébé war mein Groß-Wesir. Er war die Würde selber, stand während der ganzen Zeremonie bewegungslos hinter mir und begleitete mich ohne jedes Murren ins Bordellzelt, als mich derselbe gemütliche Herrscher einlud. Das heißt, er entschuldigte sich so wortreich bei mir, daß er mich, meiner schrecklichen Behinderung wegen, ja leider nicht mit sich bitten könne, daß ich, zu meiner eigenen Verblüffung, sagte, ich sei genesen. Alles wieder in bester Ordnung. Er strahlte und hieb mir auf die Schultern. Ich kriegte – er verteilte seine Geschenke mit der Miene des Kenners, der er gewiß auch war – eine etwa vierzigjährige Frau, die aus Charleroi kam und Claire hieß. Breite Hüften, dicke Schenkel, Brüste wie Kissen: aber das Befremdlichste war ihre weiße Haut. Wie eine Krankheit beinah. Sie spürte meine Irritation und war um so inniger. Neben mir röchelte Bébé.

Auch sonst ging die Zeremonie gut über die Bühne. Wie Willy gewann ich den Fetischkampf gegen meinen Antipoden. Ich hatte gedacht, alles sei ein Ritual, eine Spiegelfechterei, auch und vor allem das bewegungslose Kämpfen mit meinem fernen Gegenüber. Jenem Monster jenseits der lodernden Flammen, das genau wie ich aussah. Aber ich spürte bald, daß mich der Kampf hernahm, so sehr endlich, daß ich drauf und dran war, ohnmächtig hinzusinken. Ich war ohne Atem und sah Sterne. Da fiel mein Gegner um. Seine Männer kümmerten sich um ihn, labten ihn, bis er, taumelnd, seinen Sitz wieder einnehmen konnte. Ein Gebrochener. Wieder leuchtete meine Laterne auf, und die seine blieb schwarz. Danach das Biertrinken – diesmal stellte Mobutu die rituelle Frage, ein *Fauxpas* offenkundig, denn das Murren der mir nahen Häuptlinge war unüberhörbar –, das Essen, das Schwatzen, das beiläufige Handeln. – Nur der gelbe Herrscher fehlte. Ich fragte meinen neuen Freund, den aus dem Bordell, was aus ihm geworden sei. »Er ist tot«, sagte der. »Er wollte sich der Stadt bemächtigen. Fand ein schreckliches Ende. Erschlagen wie ein Hund. Mit ihm der ganze Hofstaat. Sogar die Krokodile. *Quel con!*«

Für die Heimfahrt brauchten wir, obwohl wir flußabwärts fuhren, wieder beinah zwei Wochen. Ein Einbaum kenterte, und eine Frau ertrank. Wir suchten sie stundenlang, ohne Erfolg. Als wir endlich völlig erschöpft zu Hause ankamen, war Anne längst wieder da. Schöner denn je, erfrischt, belebt. Ich fragte sie, was sie getrieben habe; worin der Frauenbrauch denn nun bestehe. Aber sie lächelte nur.

Der Wald: das alles Beherrschende ist aber der Wald. Er ist überall, er umzingelt dich. Er schweigt und ist doch voller Stimmen, die du nicht deuten kannst. Menschenwesen? Tiere? Geister? Er ist bewegungslos und kommt dir, ob du nun achtsam bist oder nicht, unaufhaltsam näher. Er wird dich, wenn du dich nicht wehrst – und auch wenn du es tust –, überwuchern, früher, später. Du wirst ihm nicht entgehen. Er steht so seit dem Anbeginn der Zeiten, und er wird so stehen, wenn es deinesgleichen nicht mehr gibt. Er sieht deinem Treiben nicht gleichgültig zu, nein: aber er hat Zeit. Rache ist ihm nicht fremd, die Todesschreie aus seinem Innern beweisen es. Aber er ist geduldig. Er ist nicht eifersüchtig, wenn ein anderer Tod schneller mit dir fertig wird: eine plötzliche Malaria, ein Biß eines aus dem Himmel stürzenden Tiers, die Hacke eines Eingeborenen, der in der Hitze verrückt wird. Er sieht dich immer, er schläft nie. Ein paar Millionen seiner unendlich vielen Echsenaugen sind stets offen: die flirrenden Blätter sind ihr Blinzeln. Wo sein Maul ist, weißt du nicht. Es wird dich packen. Das ist so sicher, daß es gleichgültig ist, ob du dich vorsiehst oder nicht.

Der Wald erregt mich wie nie etwas zuvor. Jeden Abend, wenn die Sonne nicht mehr so grausam glüht und Bébé die Aufsicht über die Nachtschicht übernimmt, tauche ich in diese paradiesische Hölle ein. Nenn es ein tödliches Eden. Ein Schritt zwischen die ersten Stämme, und du bist in einer andern Welt. Geräusche, wie du sie noch nie gehört hast, manche so nah, daß du entsetzt wegspringst. Andre ferne Klagen, Jubelschreie. Ein stetes Rauschen, das der Nachhall des Schöpfungsknalls sein mag. Von Ästen baumelnde Schlangen zischen dir ins Gesicht. Ihr Biß wäre dein Tod. Katzen fauchen davon. Von Blättern, die so groß wie Dächer sind, tropfen ätzende Gifte. Das Licht ist düster. Blau. Als gingst du auf dem Grund eines Meers. Reck den Kopf, wie du willst: kein Himmel. Kaum die Ahnung einer Sonne. Blätter, Äste, Schlingpflanzen. Hochragende Stämme voller Moos. Flechten, die, willst du sie fassen, den Baum hochfegen, weil sie fächerartige Spinnen sind. Wem sie auf die Haut kommen,

der brüllt vor Schmerz. Blumen treiben riesige Blüten, blau alle, obwohl sie am Tageslicht in allen Farben strahlen.

An einer Stelle wird der Wald steil. Eine Wand aus Lehm und Moos, voller baumstammdicker Wurzeln, die das Hochsteigen ermöglichen. Gleit nicht aus auf dem feuchten Holz, stürz nicht ab, du zerschelltest tief unten zwischen toten Stämmen. Oben auf der Hügelkuppe, einer spitzen Bergzinne beinah, steht allein ein Baumriese, alle andern Bäume überragend, dessen Äste so gleichmäßig wachsen, daß ich sie als Leiter benutzen kann. Ich habe in der Krone des Baumgiganten eine Hütte eingerichtet, ein regelrechtes Haus. Ein Tisch, ein Sitzbrett. Ein Ausblick, das glaubst du nicht. So etwas hast du noch nie gesehen. Unter dir der grüne Wald, dampfend in der Hitze, bis hin zu allen Horizonten und gewiß weit über sie hinaus. Als umspanne er den Erdball. Auf ähnlichen Höhen stehen fern ähnliche Baummonster, wie Fanale. Ständig verändert sich das Grün: kein Wunder, daß die Sprache der Eingeborenen vierunddreißig Wörter für diese Farbe kennt. Wenn die Sonne in den Wald stürzt, glüht er. Ein Flammenbrand, schön, erschreckend. Dann werden die Bäume blau. Nun ist es zu spät, nach Hause zu gehen. Anne kam vor Angst schier um, als ich das erste Mal im Dschungel blieb, weil ich zu lange auf die lodernden Bäume gestarrt hatte. Jetzt, weil ich schreibe, bleibe ich auch nachts wach. Sitze im Licht einer Butangas-Campinglampe. In andern Nächten aber schnalle ich mich mit einem Riemen am Stamm fest, um nicht im Schlaf in die Tiefe zu stürzen, und auch, um nicht von dem Singen und Trommeln verlockt zu werden, das von überall her zu mir klingt. Während mir die Augen zuzufallen beginnen, sehe ich – fern, da, wo der Horizont im Himmel verschwimmt und die Sonne, anders als hier, einen Rest Licht läßt – die goldfunkelnden Zinnen Timbuktus oder die Zelte der Tuareg in der Sahara. Winzige Dreiecke. Alexandria, seine Säulen. Das Mittelmeer. Und, kaum zu glauben, zuweilen die weißen Spitzen der Alpen.

Seit sieben Tagen sitze ich schlaflos. Ohne zu essen. Zu trinken. Millionen Fliegen umsurren mich. Ich habe nun dreihundertviertausendzweihundertfünfundvierzig Zeichen geschrieben. Es ist keine Kleinigkeit, ein Jetzt, das zu erreichen ich im Leben sechsundfünfzig Jahre brauchte, in sieben Tagen einzuholen.

Ich will es genießen, wenn es soweit ist. Jetzt! Jetzt schreibe ich und bin gleichzeitig. Tatsächlich, ich stoße einen Jubelschrei aus, und während ich juble, notiere ich, daß ich es tue. Ahh! Wenn die in Zürich mich sähen. Der selige Herr Andermatten zum Beispiel, oder Frau Zmutt.

Vorbei. Was ich von nun an schreibe, wird sein. Falls es so sein wird. Falls mir nicht die Schlangen, die Raubkatzen, die Hacke des Verrückten in die Quere kommen. Ich werde mich im Licht der ersten Sonne von meinem Baum lösen, den Berghang hinunterklettern, mich durch den Wald schlagen, ins Freie treten, durch den Hof eilen, die Treppe hochrennen. Behutsam die Tür des Schlafzimmers öffnen und hineinlugen. Anne, meine Anne wird auf dem Bett liegen, unter Moskitonetzen verschwunden, aus denen nur die Füße herausragen. Schwarze Füße, bewegungslos.

1. Auflage 2004. Alle Rechte dieser Ausgabe vorbehalten. Lizenzausgabe für die Büchergilde Gutenberg, Frankfurt am Main, Wien und Zürich, mit freundlicher Genehmigung der Diogenes Verlag AG, Zürich. © für die Folge der Illustrationen von Tina Good: Büchergilde Gutenberg, Frankfurt am Main, Wien und Zürich 2004. Buchgestaltung: Anke Rosenlöcher, Frankfurt am Main. Gesetzt aus der Centennial und der Neuland durch Dörlemann Satz, Lemförde. Lithographie: RGD, Langen. Druck und Bindung: Offizin Andersen Nexö, Leipzig. Printed in Germany 2004. ISBN 3 7632 5410 2
www. buechergilde.de

Zu diesem Titel erscheint eine limitierte Vorzugsausgabe in einer Auflage von 120 Exemplaren, der eine Originalgrafik von Tina Good beiliegt.
ISBN 3 7632 5411 0